작은 아씨들

루이자 메이 올콧 지음

KB208757

1. 순례자 놀이

"크리스마스 선물이 없으면 크리스마스가 아니
야," 조가 벽난로 앞의 양탄자에 누워 투덜댔다.

"가난한 게 싫어!" 메그가 낡은 드레스를 내려다보
며 한숨지었다.

"어떤 애들은 예쁜 것들이 많은 데 다른 애들은 아
무 것도 없는 것은 공평하지 않아," 막내 에이미가 슬
프게 덧붙였다.

"우리는 아빠 엄마 그리고 서로가 있잖아." 둘째 딸
베스가 행복하게 말했다.

네 명의 아가씨들은 조가 조용히 말할 때까지 잠시 동안 행복해 보였다. "아빠가 안계시잖아. 오랫동안 아빠를 못 볼 거야." 조는 "아마 못 볼지도 몰라" 라고 말하지는 않았다. 하지만 자매들은 멀리 전장에 계신 아빠를 생각하며 조용히 마음속으로 그 말을 되뇌였다.

잠시 동안 정적이 흘렀다. 첫째 딸 메그가 말했다. "엄마가 우리 군인들이 전장에서 고생하는데 우리는 돈을 선물 사는 데 쓰면 안 된다고 말씀하셨어. 하지만 선물이 없으니 전혀 크리스마스 같지 않다." 그녀는 갖고 싶은 것들을 슬프게 생각했다.

"우리 1달러씩 있잖아. 난 그 1달러로 우리 군을 크게 도울 수 있을 거라고는 생각하지 않아. 선물 받는 건 기대하지 않는데 나를 위해서 책 한권은 사고 싶다. 오랫동안 사고 싶었던 책이 있어." 조는 책벌레에 말괄량이였다.

"나는 그 돈으로 악보를 사고 싶어." 메스가 작게 한숨 쉬며 말했다

"나는 그림 그리는 데 쓸 연필을 사고 싶어. 난 진

짜 연필이 필요해." 에이미가 말했다.

"엄마가 돈에 대해서는 아무 말씀도 안하셨어." 조가 외쳤다. "우리가 사고 싶은 것을 사자. 소소한 재미도 있어야지. 우리는 충분히 열심히 일했다고."

"그 끔찍한 애들을 거의 하루 종일 가르치는 데 선물을 받는 게 당연하지." 메그가 불평하듯 말했다.

"나는 더 최악이야. 나는 한 번도 행복한 적이 없는 그 까다로운 할머니를 도와드려야 한다구." 조가 말했다.

"불평하면 안 된다는 것은 아는데, 나는 설거지랑 집 청소가 세상에서 최악의 일인 것 같아. 정말 짜증이 나. 손이 항상 굳어 있어서 피아노 연습을 잘 할 수가 없어." 베스는 거친 손을 보고는 다시 한숨 쉬었다.

"나만큼 힘든 사람 있으면 나와 보라구해." 막내 에이미가 소리를 꽥 질렀다." 언니들은 내 헌 옷을 놀리는 못된 애들이랑 같이 학교 안 다녀도 되잖아."

"글쎄," 베스가 말했다. "나는 우리가 킹 집안 애들보다는 훨씬 행복하다고 생각해. 걔네들은 부자인데도

7

항상 싸우잖아. 우리는 일을 해야 하지만, 우리끼리는 정말 재미있고 행복하잖아."

조는 일어나 주머니에 손을 넣고 휘파람을 불기 시작했다.

"조 언니, 그러지마. 너무 남자애 같잖아." 에이미가 소리 질렀다.

"그래서 내가 휘파람 부는 거야." 조가 대답했다.

"나는 무례하고, 여자답지 않은 애들이 싫어!"

"나는 잘난척하는 새침데기들이 진짜 싫어!"

"둥지에서 쨱쨱대는 새 같아" 중재자 베스가 웃긴 표정으로 노래를 불러서 모두가 웃음을 터뜨렸다.

"진짜야, 조세핀," 메그가 장녀답게 훈계하면서 말했다. "너는 남자아이 같이 행동하기에는 너무 나이가 들었어. 네가 어리면 상관없는데 이제 너는 숙녀라는 사실을 명심해라."

"나는 나이 들어서 조세핀 마치 양이 되는 게 싫어. 긴 드레스를 입고 예쁜 척 하는 것도 싫어. 남자여서 아빠랑 전쟁에 같이 참전했으면 좋겠다. 여자니까 집에서 노인네처럼 뜨개질이나 해야 하다니."

"불쌍한 조 언니! 남자 이름을 하나 만들어서 우리한테는 남자 행세해." 베스는 조의 머리를 어루만지며 이야기했다.

"에이미, 넌 말이야." 메그가 큰언니 설교 투로 이어나갔다. "너는 너무 까다롭고 새침해. 조심하지 않으면 가식적이고 멍청한 여자로 자랄 거야."

"조는 말광량이, 에이미는 멍청한 여자면 난 뭐야 언니?" 베스가 물었다.

"너는 사랑스러운 존재지." 메그가 따뜻하게 대답했다. 베스는 집안의 귀염둥이여서 아무도 이의를 제기하지 않았다.

밖에는 12월의 눈이 조용히 내리고 있었다. 집안에서는 장작불이 탁탁 소리를 내며 불타고 있었다. 양탄자는 빛바래고 가구는 소박했지만 편안한 집이었다. 벽에는 좋은 그림이 걸려있었고 책장에는 책이 꽂혀 있었다. 창가에는 크리스마스로즈가 피어있었고, 유쾌하고 평화로운 공기가 집안을 가득 채웠다.

네 딸 중에 장녀 마가렛은 16살이고 약간 통통한 몸에 피부가 좋은 소녀였다. 부드러운 갈색머리에 눈이 크고 손이 희고 입술이 매력적이었다. 예쁘지만 다소 허영기가 있었다. 15살의 조는 키가 크고 말랐고 까무잡잡했다. 조는 긴 팔다리를 어찌할 줄 모르는 모습이 망아지를 연상시켰다. 그녀는 예리한 회색 눈을 가졌다. 길고 숱 많은 머리가 그녀의 매력이지만 거치적거려서 항상 하나로 묶고 다닌다. 그녀는 동그란 어깨를 가지고 큰 손발을 가졌다. 급속히 소녀에서 아가씨로 변해가는 자신의 모습을 불편하고, 좋아하지 않는 소녀였다. 베스는 장밋빛피부, 부드러운 머릿결 그리고 반짝이는 눈동자의 13세 소녀다. 그녀는 수줍음이 많고 조용한 성격이었다. 에이미는 막내로 요조숙녀처럼 행동한다. 푸른 눈과 금발머리가 어깨에 찰랑거리는 예의범절에 신경을 쓰는 소녀다.

베스는 어머니의 실내화를 데우려고 불가에 두었다. 실내화를 보자 어머니가 곧 집에 온다는 생각에 소녀들은 들떴다

"실내화가 너무 낡았네. 새 실내화가 필요해." 조가 실내화를 불 근처에 더 가까이 두려고 일어나며 말했다.

"우리 돈으로 엄마께 새 실내화를 사드리자." 베스가 말했다.

"안 돼, 내가 사 드릴 거야." 에이미가 소리쳤다.

소녀들은 서로 자기가 어머니께 선물을 사드리겠다고 우겨대기 시작했다.

"우리가 해야 할 일을 얘기해줄게" 베스가 말했다. "이번 크리스마스에는 우리 선물 대신 엄마 선물을 사드리자."

"너는 너무 생각이 깊어, 베스! 뭐 사드릴까?" 조가 외쳤다.

모두들 잠시 동안 진지하게 생각한 후 메그가 말했다, "엄마께 장갑을 사 드릴거야."

"나는 엄마께 튼튼한 군화를 사드릴래, "조가 외쳤다.

"나는 엄마께 손수건을 사드려야지," 베스가 말했

다.

　"나는 향수 사드릴래. 작은 병이면 그리 비싸지도 않으니 남은 돈으로는 연필을 사야겠다." 에이미가 덧붙여 말했다.

　"엄마한테는 우리 선물을 산다고 말씀드리고 엄마를 놀래켜드리자. 우리 모두 내일 오후에 쇼핑가자. 메그언니. 크리스마스 밤에 할 연극 준비할 것 때문에 할 일이 많아."

　"이번만하고 더 이상 연극하지 않을 거야. 그런 것들 하기에 이제 나이가 많이 들었어." 메그가 말했다.

　"언니는 우리식구 중에 연기 제일 잘하는데," 조가 말했다. "언니는 빠지면 안 돼. 오늘밤 리허설 해보자. 에이미 이리 와서 기절하는 연기 다시 해봐. 내가 하는 식으로 해봐. 방을 가로질러 비틀거리면서 외치는 거야 '로드리고! 나를 구해줘요!'" 조는 긴 극적인 비명을 질렀다.

　에이미는 그대로 따라했지만 그녀의 비명소리는 고통이나 두려워서 소리 지르는 것이 아니라 핀에 찔려서 지르는 소리 같았다.

"나는 어떻게 언니가 이렇게 멋진 작품을 쓰고 연기하는지 모르겠어. 조 언니. 언니는 세익스피어같아." 언니들이 천재라고 믿고 있는 베스가 소리 질렀다.

"너희들이 재미있게 잘 지낸 것 같아 기쁘구나, 딸들아." 문가에서 명랑한 목소리가 들렸다. 자매들은 키가 크고 자상한 어머니를 맞이하기 위해 뒤를 돌아보았다. 그녀는 화려하게 차려입지는 않았지만 고상해보였다. 소녀들은 그녀를 세상에서 최고로 멋진 어머니라고 생각했다.

마치부인은 젖은 옷을 벗고 따뜻한 실내화를 신었다. 불 옆의 큰 의자에 앉았다. 그녀는 에이미를 무릎에 앉히고 바쁜 하루 중에서 최고로 행복한 시간을 즐기기 시작했다. 소녀들은 어머니를 편하게 해주기 위해 바쁘게 뛰어다녔다. 에이미가 엄마 무릎에 앉아 언니들에게 지시하는 동안 메그는 차를 가지러 가고 조는 만지는 것 모두를 떨어뜨리면서 땔감 나무를 가지러 갔다. 베스는 거실과 부엌을 조용히 그러나 바쁘게 왔다

갔다 했다.

저녁 식사 후에 마치 부인은 행복하게 말했다. "너희들에게 즐거운 일이 있단다."

소녀들은 모두 박수치며 소리 질렀다. "아빠한테 편지 왔죠? 편지다!" 베스는 엄마의 발치에 메그와 에이미는 양쪽 의자의 팔걸이 위에 앉았다. 조는 편지가 슬프면 자신이 우는 것을 아무도 못 보게 의자 뒤에 기대어 섰다. 어려운 시기에 아버지가 집에 보내는 대부분의 편지는 감동적이었다. 편지에서 아버지는 위험이나 향수병 어려움은 거의 말하지 않았다. 명랑하고 희망이 가득한 편지였다. 종군목사로서의 그의 일을 활기차게 묘사하고 병영생활 군대 소식을 전했다. 편지의 말미에는 집에 있는 어린 딸들에 대한 사랑과 그리움이 가득 넘쳤다. 편지에는;

딸들에게 나의 사랑과 키스를 전해주시오. 내가 매일 그들을 생각하고 그들을 위해 기도한다고 말해주시오. 내가 집에 돌아갈 때까지의 일 년이 기다리기 길어 보이지만, 기다리는 동안 우리 모두 열심히 일해서 어려운 시절이 헛되지 않도록 합시다. 나는 그들이 당신에게 사랑스러운 자녀라는 것을 알아요. 각자 맡은 일을 잘해내서, 내가 집에 돌아올 때쯤 자랑스러운 숙녀들이 되리라고 믿소.

식구들의 눈에 눈물이 맺혔다. 조의 콧등으로 굵은 눈물방울이 떨어졌다. 에이미는 엄마의 어깨에 얼굴을 묻고 흐느꼈다. "나는 이기적인 애예요. 아빠가 저에게 실망하시지 않도록 더 잘하도록 노력할게요."

"우리 모두 잘할게요." 메그가 울었다. "저는 외모에만 신경 쓰고 일하기는 싫어했어요. 이제 바뀔 거예요."

"천방지축 말괄량이가 아니라 아빠가 원하시는 '숙녀'가 되기 위해 노력할거예요. 다른 곳으로 떠날 생각은 말고 여기서 열심히 맡은 일을 잘 해낼게요." 조는 말했다.

베스는 아무 말 하지 않고 눈물을 닦아냈다. 즉시 온 힘을 다하여 그녀가 맡은 일인 뜨개질을 시작했다. 아버지가 돌아오면 자신을 보고 행복하게 만들 거라고 스스로에게 조용히 다짐했다.

마치부인은 명랑한 목소리로 말했다. "너희들이 어렸을 때 천로역정 연극 했던 것 기억하니? 내가 너희들 등에 짐이라고 가방을 매주었을 때 너희들이 좋아했잖아. 너희들은 파멸의 도시였던 지하실에서부터 천상의 도시라고 너희들이 좋아하는 물건들로 가득한 다락방까지 돌아다녔잖아."

"정말 재미있었죠." 조가 말했고 모든 형제들은 동의했다.

"우리가 사는 삶이 연극이란다." 마치 부인은 말했다. "우리의 짐은 우리의 문제들이고 길은 우리 앞에 놓인 인생이지. 행복에 대한 갈망은 우리를 이끌어 주는 지도란다. 이 갈망이 많은 문제와 불행을 뚫고 진정 천상의 도시인 평화로 우리를 이끌어준단다. 자, 내 어린 순례자들아 연극이 아니라 현실에서 다시 시작하자. 아버지가 집에 오시기 전까지 얼마나 멀리 갈수 있는지 보자꾸나."

"우리의 짐은 어디 있죠, 엄마?" 에이미가 물었다.

"베스 빼고는 너희들의 짐이 무엇인지 말했잖니. 내 생각에 베스는 없는 것 같아." 엄마가 말했다.

"아니예요. 있어요. 내 짐은 그릇과 먼지떨이예요. 좋은 피아노를 가지고 있는 소녀들이 샘나구요. 사람들이 무서워요."

베스의 짐은 너무 웃긴 것이 어서 모두가 웃고 싶었지만 웃으면 그녀가 상처받을까봐 아무도 웃지 않았다

"해보자." 메그가 진지하게 말했다. "이 이야기는 우리가 착해지도록 도와줄 거야."

"크리스마스 아침에 베개 밑을 봐라. 그러면 안내해주는 책을 찾을 거야." 마치 부인이 말했다.

그러고 나서 그들은 모두 바느질을 했다. 9시에 그들은 일을 마치고 자러 가기 전에 평소에 하던 대로 노래를 불렀다. 베스만이 오래된 피아노가 좋은 소리가 나도록 만들 수 있었다. 메그는 플롯 같은 목소리를 가져서 그녀와 어머니는 작은 합창단을 이끌었다. 에이미는 귀뚜라미가 우는 것처럼 소리 내어 노래했다. 조는 목쉰 소리를 내고 음정이 맞지 않는 경향이 있었다. 엄

마는 타고난 가수였다. 아침에 처음에 들리는 소리는 그녀가 집안 이곳저곳을 다니며 새처럼 노래 부르는 목소리였다. 밤에 들리는 마지막 소리 역시 어머니의 명랑한 노랫소리였다.

2. 메리 크리스마스

크리스마스 아침에 제일 먼저 일어난 사람은 조였다. 난로 옆에 선물이 없었다. 잠시 동안 그녀는 매우 실망했다. 그리고 나서 그녀는 엄마의 약속을 기억했다. 그녀는 베개아래 진홍색 표지의 책을 발견했다. 그것은 천로역정이었다. 그녀는 자매들을 깨웠다. 자매들도 베개 밑을 보았다. 그들 각자 다른 색깔의 표지의 책을 받았다. 그들의 엄마는 책속에 선물이 더욱 값지게 보이도록 하는 몇 마디를 적었다. 해가 떠오르는 동안 그들은 앉아서 책을 보면서 이야기했다.

"얘들아" 메그가 진지하게 얘기했다. "엄마는 우리가 이 책을 읽고 배우기를 원하셔. 빨리 책 읽자. 아빠가 전장에 가신 이후 우리는 많은 것을 잊어버렸어. 일어나면 매일 아침마다 책을 조금씩 읽을 거야. 나한테 좋을 거고 하루를 버티는데 도움을 줄 거야."

그들은 엄마에게 선물을 감사하기 위해 갔다. "엄마 어디계세요?" 메그는 그들의 하녀 한나에게 물었다. 메그가 태어난 이후로 한나는 그 식구들과 함께 살아서 하녀라기보다는 가족 같았다.

"어떤 불쌍한 소년이 구걸하러 왔는데 너희 어머니께서 곧바로 그 아이에게 필요한 것이 무엇인지 보러가셨어. 세상에서 가장 자비로운 분이시지."

메그는 엄마를 위해 산 소파 밑에 숨겨둔 선물을 보았다. 그러나 에이미의 향수병이 사라져버렸다.

"조금 전에 리본을 달려고 가져갔어." 엄마가 처음 신으면 불편해 하니까 뻣뻣함을 없애려고 새 실내화를 신고 방안을 춤추면서 조가 말했다.

"내 손수건 멋져 보이지?" 자신이 직접 새긴 삐뚤빼

뚤한 글자를 자랑스럽게 보면서 베스가 말했다.

"엄마 오셨어. 바구니 빨리 숨겨!" 조가 말했다. 문이 쾅 닫히고 복도에 발자국 소리가 울렸다.

에이미는 언니들이 자신을 기다리고 있는 것을 보고 당황해하며 들어왔다.

"어디 갔었어, 숨기고 있는 게 뭐야?" 메그는 게으른 에이미가 이렇게 일찍 일어난 것을 보고 놀라며 말했다.

"향수를 좀 더 좋은 것으로 바꾸려고 했을 뿐이야." 에이미가 말했다. "내 돈을 향수 사는데 다 썼어. 난 이제 더 이상 이기적으로 행동하지 않을 거야."

에이미는 값싼 향수와 바꿔온 예쁜 향수를 보여주었다. 메그는 그녀를 안아주었고 조는 그녀가 최고라고 말했다. 베스는 창가로 달려가서 에이미에게 장미를 뽑아주었다.

현관문이 다시 열리고, 선물바구니는 다시 소파 밑으로 숨겨졌다. 소녀들은 배가 고파서 식탁으로 달려갔다.

"엄마, 메리 크리스마스! 책 감사해요. 벌써 몇 장 읽었어요. 그리고 매일 읽을 거예요." 그들은 한 목소리로 외쳤다.

"메리 크리스마스, 딸들아! 벌써 책을 읽었다니 기쁘네. 계속 읽기를 바란다. 그러나 앉기 전에 한마디 하고 싶구나. 여기서 멀지 않은 곳에 한 여자가 막 태어난 아기와 누워있단다. 6명의 아이들은 그 집에는 불이 없으니까 추위를 피하려고 한 침대에 웅크리고 있어. 먹을 것도 없어. 제일 큰 아이가 나에게 그들이 배고픔과 추위로 고통을 겪고 있다고 말하러 왔어. 얘들아 우리 아침식사를 그들에게 크리스마스 선물로 줄까?"

소녀들은 모두 배가 고팠고 잠시 동안 아무도 말하지 않았다. 조가 외쳤다. "우리가 먹기 전에 오셔서 다행이에요!" 그리고 그들은 음식 싸는 일을 도왔다.

"너희들이 그래줄 줄 알았다." 마치 부인은 자랑스럽게 말했다. "와서 나 좀 도와다오. 갔다가 오면 우유와 빵을 아침으로 먹자. 그리고 저녁에는 좀 더 좋은 음식을 먹자."

그들은 모두 집을 떠나서 창문이 깨지고 벽난로에 불이 없는 가구가 없어 휑한 집으로 갔다. 한 아픈 어머니가 울고 있는 아기를 안고 있었다. 창백하고 배고픈 아이들인 몸을 따뜻하게 하기위해 낡은 퀼트이불아래 웅크리고 있었다. 소녀들이 들어오자 그들의 큰 눈이 응시하고 추위로 파랗게 언 입술이 미소 지었다.

"신이시여! 천사들이 저희에게 오시네요!" 불쌍한 여인이 기뻐서 소리 질렀다.

"모자달린 코트입고 벙어리장갑 낀 웃긴 천사들이죠." 조가 말하자 모두가 웃음을 터뜨렸다.

정말 그 집에 친절한 정령들이 와서 마술을 부리는 것 같았다. 한나는 땔감을 가져와서 불을 지피고 소녀들이 먹을 것을 주자 배고픈 아이들이 주위에 모여들었다.

"당신들은 좋으신 분들이세요. 천사 같아요!" 불쌍한 아이들이 불가에서 추위로 언 손을 녹이고 맛있는 음식을 먹으면서 소리 질렀다

소녀들은 전에 천사라고 불려본 적이 없어서 아주 기

분이 좋았다. 비록 그들은 하나도 먹지 못했지만 행복한 아침식사였다. 그 집을 나설 때 그들은 매우 행복한 네 명의 소녀들이었다.

집에 돌아와서 소녀들은 갑자기 소리 질렀다. "엄마를 위해 만세삼창!" 베스는 가장 즐거운 음악을 연주했고 에이미와 메그는 엄마를 불가의 안락의자로 이끌었다. 마치 부인은 놀라기도 하고 감동받기도 했다. 선물을 보고 카드를 읽으면서 눈가에 눈물이 맺혔다. 그녀는 새 실내화를 신고 주머니에 손수건을 넣고 에이미의 향수 냄새를 맡았다. 멋진 장갑은 딱 맞았다. 웃음과 키스가 집에 가득했다. 소녀들은 크리스마스 연극 준비를 하러 갔다.

그날 저녁 연극이 공연되었다. 예년과 같이 이웃에서 12명의 소녀가 연극을 보러왔다. 대단한 성공이었다. 남자들은 초대받지 않아서 조는 마음껏 남자 연기를 했다. 자매들은 일인다역을 했다. 34개 배역의 대사를 암기하고 다양한 옷으로 갈아입고 무대 관리까지 해야 했다. 칭찬받는 것은 당연했다.

연극이 해피엔딩으로 끝나고 관객들은 침대로 몰려들어 열광적으로 박수쳤다. 침대는 간이침대여서 갑자기 접혔다. 자매들은 무대로 달려 나가 웃겨서 말을 못하는 관객을 구해야했다.

그러고 나서 한나는 와서 모든 사람들에게 저녁 먹으러 오라고 말했다. 저녁은 자매들에게 조차도 놀라웠다. 식탁을 보자 서로 놀라서 쳐다보았다. 아이스크림, 케이크, 과일과 네 개의 꽃다발이 있었다. 그들은 처음에는 식탁을 그 다음에는 아주 행복해 보이는 엄마를 바라보았다.

"요정들인가요?" 에이미가 물었다.

"산타클로스야." 베스가 대답했다.

"엄마가 하신거야." 메그가 그녀의 회색 수염과 흰색 눈썹 뒤로 웃으면서 말했다.

"모두 틀렸어. 로렌스 씨가 보내신 거야." 마치부인은 대답했다.

"로렌스 가의 할아버지! 그 분이 왜? 우리는 그분을 모르잖아." 메그가 소리쳤다.

"한나가 아침에 한 일을 그 분 댁 하인 중 한명에게 했대. 로렌스 씨가 이야기를 듣고 기특하다고 칭찬하셨대. 아침에 빵과 우유만으로 아침식사 한 것에 보답으로 저녁의 작은 만찬을 먹게 된 것이지."

"그분 손자가 부탁했을 거야. 괜찮은 아이 같아. 친해지면 좋겠어. 걔도 우리를 알고 싶어 하는 듯 보이지만 수줍어해." 조가 말했다.

"옆집의 저택에 사는 사람들 말이야?" 방문한 소녀들 중에 하나가 물었다. "어머니가 로렌스 씨를 아시는데 콧대가 높아서 이웃과 어울리기를 싫어한대. 손자를 가둬두고 공부만 시킨대."

"우리 고양이가 한번은 도망갔는데," 조가 말했다. "소년이 고양이를 가져다줬어. 담에서 얘기했는데 말이 잘 통하더라구. 그런데 메그 언니가 오는 것을 보더니 가버렸어. 공부만 하지 말고 좀 놀아야한다고 생각해."

"신사같이 매너가 좋아. 적당한 기회가 오면 친해져 보렴. 꽃도 직접 가져왔어." 마치 부인이 말했다.

"이렇게 예쁜 꽃다발은 본 적이 없어. 정말 예쁘다!" 메그가 꽃을 보면서 말했다.

베스는 작게 속삭였다. "내 꽃다발을 아빠께 보내면 좋을 텐데. 아빠는 우리처럼 행복한 크리스마스를 보내시지 않을 거야."

3. 이웃집 소년

　메그와 조는 가디너가에서 열리는 새해맞이 댄스파티에 초대받았다. 메그는 매우 흥분해서 무슨 옷을 입을 지 고민하기 시작했다. 조는 그다지 흥미가 없었다. 유일한 드레스는 뒤에 불에 탄 자국이 있었다. 그러나 메그는 등을 벽에 대고 앉아 있으면 괜찮을 거라고 조에게 말했다. 메그의 문제는 장갑이 그다지 멋지지 않다는 것이었다. 조는 장갑에 레모네이드 자국이 나서 장갑 없이 파티에 가겠다고 말했다.

　"장갑이 있어야 돼. 네가 장갑을 안 끼면 난 안갈 거

야." 메그가 외쳤다. "장갑이 제일 중요해. 장갑 없이 춤출 수 없어."

"해결책을 알지." 조가 말했다. "좋은 장갑은 끼고 나쁜 장갑은 손에 들고 가자."

"오! 그게 방법이네. 내 장갑에는 얼룩 남기지마. 제발 점잖게 행동해." 메그가 외쳤다.

새해 전날 밤에 두 명의 소녀는 파티 준비에 바빴다. 차림은 수수했지만 집안을 오르락내리락 법석을 떨었다. 메그와 조는 얘기하고 웃으면서 즐겁게 파티를 준비했다. 조는 실수로 머리카락 마는 인두로 메그의 머리를 태웠다. 메그는 속상해서 울고 조는 미안해서 울었다. 난리법석 끝에 그들은 마침내 준비를 끝냈다.

수수한 드레스가 잘 어울렸다. 메그는 은빛이 도는 연한 갈색 드레스에 파란색 벨벳 머리띠를 하고 엄마의 진주 머리핀을 했다. 조는 붉은 빛이 나는 갈색 드레스에 흰색 국화를 핀에 꽂았다. 깨끗한 장갑은 끼고 더러운 장갑은 손에 들고 갔다. 식구들 모두가 그 모습에 감탄했다. 그러나 메그는 신발이 너무 꽉 조여 발이 아팠고 조는 19개의 머리핀이 모두 머릿속을 파고드는 것 같았다.

"이런, 우아해지려면 죽음도 불사해야지." 메그는 웃었다.

"내가 실수하면 나한테 윙크해줘." 조는 말했다.

"안 돼. 윙크는 숙녀답지 않아. 실수하면 왼쪽 눈썹을 올릴게. 그리고 제대로 되고 있으면 고개를 끄덕일게. 등을 똑바로 펴고 보폭을 작게 해. 소개받으면 악수하지 마. 예의가 아니니까."

파티는 좀처럼 가지 않았었기 때문에 그들은 긴장되었다. 가디니에 부인이 그들을 친절히 맞아주고 그녀의 여섯 딸들에게 그들을 안내해주었다. 메그는 샐리를 알아서 금세 편안함을 느꼈지만 조는 여자 아이들과 수다에 관심이 없어서 꽃밭에 풀어놓은 망아지처럼 어색함을 느꼈다. 그녀는 벽에 조심스럽게 등을 기대고 서서 남자들이 스케이트에 관해 이야기 하는 것을 들었다. 스케이트는 그녀가 좋아하는 것 중에 하나였으므로 가서 남자들과 이야기 하고 싶었다. 그녀는 메그에게 남자들의 대화에 끼는 것이 여성스러운 일인 지 메그에게 물었다. 메그가 눈썹을 너무 높이 위로 올려서 1인치도 더 움직일 수 없었다. 조는 아무도 그녀에게 와서 이야기하지 않아서 너무나 외로웠다. 태운 자리가 보일까봐 다른 곳으로 움직일 수가 없었다.

무도회가 시작했을 때 메그는 춤 신청을 받았다. 너무 즐겁게 춤을 춰서 꽉 죄는 신발이 그녀에게 주는 고통을 아무도 짐작할 수 없었다. 조는 키가 큰 빨간 머리의 남자가 그녀가 있는 구석으로 다가오는 것을 보았다. 그녀는 그가 춤을 요청할까봐 두려워서 커튼 뒤로 슬쩍 물러났다. 불행히도 누군가가 이미 그 자리를 차지하고 있었다. 그녀는 자기가 로렌스가의 소년과 마주하고 있는 것을 발견했다.

"어머나, 누가 여기 있는지 몰랐네!" 조가 더듬거리며 말했다.

그러나 그 소년은 웃으며 유쾌하게 말했다.

"신경 쓰지 마세요. 여기 있고 싶으면 계세요."

"제가 방해가 안 될까요?"

"전혀요. 사람들을 많이 몰라서 약간 어색해서 여기 왔어요."

"저도요."

소년은 다시 앉아서 조가 말할 때까지 그의 신발을 보았다. "전에 봐서 좋았어요. 우리 집 근처에 살죠?"

"이웃집요." 조의 격식을 다룬 태도가 약간 웃겨서 그는 올려다보고 웃었다. 그는 자신이 고양이를 조의 집에 데려왔을 때 그들이 크리켓에 대해서 이야기한 것을 기억했다.

조는 편안해져서 웃었다.

"고양이는 어때요, 마치 양?" 소년이 물었다.

"잘 있어요. 감사해요. 로렌스 씨. 그러나 나는 마치양이 아니라 그냥 조예요." 조가 말을 되받았다.

"나도 로렌스 씨가 아니야. 그냥 로리 라고 불러. 내 이름은 테오도어 인데 난 이 이름이 싫어. 그래서 사람들이 나를 로리 라고 불러."

"나도 내 이름이 싫어. 나도 사람들이 조세핀 대신에 조라고 불러줬으면 좋겠어."

로리의 수줍음은 곧 사라졌다. 그리고 조는 옷 생각을 잊어버렸고 아무도 그녀를 향해 눈썹을 올리지 않았기 때문에 다시 명랑한 자신을 찾았다. 로리는 스위스 유학시절을 조에게 말했다. 거기서 학생들은 모자를 안 쓰고 호수에는 학생들의 배 여러 척이 있고 휴일에는 교사들과 스위스 도보여행을 다녔다고 했다.

그는 검정색 고수머리에 가무잡잡한 피부, 큰 검정색 눈에 코가 잘 생긴 소년이었다. 키는 조보다 컸다. 그는 다음달에 16살이 된다.

"춤출래?" 그는 갑자기 그녀에게 물었다.

"안 돼. 메그 언니가 춤추지 말라고 했으니까 왜냐면..."

조는 말을 멈췄다. 그녀는 사실대로 이야기해야 할지 말아야 할지 확신할 수 없었다.

"왜냐면, 뭐?"

"말 안 할 거지?"

"절대!"

"나는 불 옆에 너무 가까이 서는 나쁜 습관이 있어

서 옷을 자주 태워먹어. 이 드레스도 그슬렸어. 잘 수선
이 되었는데 자국이 아직 보여. 메그 언니가 아무도 탄
자국을 못 보게 움직이지 말고 가만히 있으라고 말했
어. 웃고 싶으면 웃어도 좋아. 웃기지? 나도 알아."

그러나 로리는 웃지 않았다. "그딴 거 신경 쓰지
마." 그는 말했다. "저기 긴 복도가 있어. 거기서 춤출
수 있어. 아무도 우리를 못 볼 거야. 이리 와."

조는 그에게 감사하며 기쁘게 갔다. 복도는 비어있
었다. 로리는 춤을 잘 췄다. 그녀에게 독일 춤을 가르쳐
주었다. 음악이 멈추자 한숨 돌리려고 그들은 계단에
앉았다. 메그가 여동생을 찾으러 와서 조는 마지못해
그녀를 따라 방으로 들어갔다. 메그는 발을 쥐고 소파
에 앉았다. 창백해 보였다.

"발을 삐었어. 서있지도 못하겠어. 집에 어떻게 가
야할 지 모르겠어. 우리는 마차가 없잖아"

"이 신발이 언니 발을 아프게 할 거라는 걸 알았
어." 조가 부드럽게 아픈 발목을 문지르며 말했다. "로
리한테 물어볼게. 도와줄 거야."

"제발, 안 돼! 아무에게도 부탁도 하지 말고 말하지도 마. 가서 커피 좀 가져다줘. 한나가 올 때까지 기다리자."

조는 커피를 가져오자마자 커피를 쏟아 등에 난 자국만큼 흉한 자국을 드레스 앞부분에도 만들었다. 장갑으로 드레스를 문질러대다가 메그의 장갑을 망가뜨렸다. 로리는 조를 도와주러 와서 조를 대신해 메그에게 커피와 아이스크림을 가져다주었다.

그들 셋은 한나가 올 때까지 재미있게 이야기 하고 웃었다. 한나가 오자 메그는 발을 잊고 일어섰다가 고통으로 소리 질렀다. 로리는 막 그를 데리러온 할아버지의 마차를 타고가자는 제안을 했다. 조는 기쁘게 받아들였고 그들은 화려한 마차를 타고 떠났다. 로리는 자매가 자유롭게 이야기할 수 있도록 바깥 마부 석에 앉았다.

"너무 재미있었어. 언니는?" 조가 물었다.

"응. 발목 다칠 때까지는 나도 재미있었어. 샐리의 친구 애니 모팻이 자기 집에 초대했어. 엄마가 허락하셨으면 좋겠어." 메그가 말했다.

"언니가 내가 춤추기 싫어서 도망간 빨간 머리 남자랑 춤추는 것 봤어. 좋았어?"

"응, 아주. 그의 머리는 빨강이 아니라 적갈색이야. 그는 아주 예의발랐어."

"그 사람이 춤출 때 메뚜기처럼 보였어. 로리와 나는 참다가 웃어버렸어. 우리 웃는 소리 들었어?"

"아니, 하지만 매우 무례한 거야. 숨어서 뭐했니?"

조는 그녀의 모험을 이야기했고 이야기가 끝날 때쯤 그들은 집에 도착했다.

4. 무거운 짐

"다시 일하러 가는 게 정말 힘들구나." 파티 다음날 아침에 메그가 한숨 쉬며 말했다.

"항상 크리스마스나 설날이었으면 좋겠어. 재미있지 않을까?" 조가 하품하면서 대답했다.

"저녁은 간단하게 먹고 꽃다발 받고 파티에 가는 거야. 책 읽다가 쉬고 일은 하지 않는 거지. 다른 사람들은 그렇게 살아. 그렇게 사는 애들이 너무 부러워. 나는 화려한 생활이 너무 좋아." 메그가 두 벌의 초라한 드레스 중에서 어떤 옷이 좀 덜 초라해 보이는지 생각하

면서 말했다.

메그의 일은 부자인 킹 씨의 4명의 버릇없는 아이들을 돌보는 일이었다, 그 스트레스가 전보다 더 심한 것 같았다. 예쁘게 보이려고 치장할 기분조차도 나지 않았다. "예쁘게 보이는 게 무슨 소용이야? 성질 더러운 어린애들 말고는 날 봐줄 사람도 없는데. 내가 예쁘건 말건 아무도 신경 안 써. 재미있는 일은 가끔 있고 하루 종일 일을 해야 돼. 얼굴이 예전 같지가 않아. 심술궂은 할머니처럼 늙어가고 있어. 가난해서 다른 여자애들처럼 재미있게 놀 수가 없으니까 정말 속상해!"

그들이 춥고 눈 오는 길거리에서 헤어질 때 조는 메그를 안아주었다. 겨울날씨, 힘든 일 마음껏 놀고 싶지만 그러지 못해 안타까운 마음에도 불구하고 그들은 명랑해지려고 노력했다.

마치 씨가 친구를 도와주려 하다가 돈을 잃게 되었을 때, 메그와 조는 가정 경제에 도움이 될 수 있게 일을 할 수 있도록 허락해달라고 간청했다. 일하는 것이 근면함과 독립성을 개발하는 데 도움이 될 거라고 느껴서 그들의 부모는 동의했다. 그들 둘 다 처음에는 굉장히 열정적으로 일했다.

마가렛은 가정교사 자리를 알아보았다. 집이 잘 살았을 때를 기억하고 있는 그녀는 다른 자매들보다 자신의 가난이 더 힘들게 느껴졌다. 킹 가족의 집에서 그녀는 자신이 원하는 모든 것을 매일 보았다. 아이들의 나이 많은 언니들이 사교계에 막 진출해서 메그는 무도회 드레스와 꽃다발을 자주 흘깃흘깃 보았다. 그리고 소문 극장, 콘서트 그리고 파티에 대한 이야기를 계속해서 들었다. 불쌍한 메그는 많이 불평하지 않았지만 불공평하다는 생각이 그녀를 씁쓸하게 느끼게 만들었다. 그녀는 인생을 행복하게 만들어주는 것들을 자신이 얼마나 많이 가지고 있는지 아직 알지 못했다.

조는 마치 백모님을 도왔다. 다리를 저는 그녀는 돌봐줄 사람이 필요했다. 조는 다른 좋은 일자리를 찾을 수 없어서 그 일을 수락했다. 놀랍게도 그녀는 화를 잘 내는 친척과 잘 지냈다. 그들은 종종 다투었지만 조는 마음속으로 툴툴대는 할머니를 좋아했다.

그러나 조가 진짜로 좋아하는 것은 백모님의 좋은 책들로 가득한 큰 서재였다. 백모님이 낮잠을 주무시거나 손님과 함께 있느라 바쁘면 조는 서둘러 이 조용한 장소로 가서 시, 소설, 역사책, 여행 책을 읽었다. 그러나 모든 행복처럼 이것도 오래가지 않았다. 소설의 클라이맥스 ,시의 가장 낭만적인 행 또는 여행책의 가장 흥미진진한 모험을 읽으려고 하면 새된 목소리가 불렀다." 조-세핀! 조-세핀! " 그러면 그녀는 천국을 떠나 뜨개실을 감거나 푸들을 목욕시키고 또는 벨셤의 수필을 큰소리로 읽어야 했다.

그것이 무엇인지 그녀는 아직 모르지만 조의 꿈은 위대한 일을 하는 것이었다. 그녀의 최대 난관은 마음껏 책을 읽고, 뛰고, 말을 탈 수 없는 것이었다. 그녀의 급한 성격, 독설, 침착하지 못한 성격이 항상 문제를 일으켰다.

베스는 너무 수줍음을 많이 타서 학교에 갈 수 없었다. 학교에 한번 간 적이 있었지만 너무 힘들어해서 아버지와 집에서 공부를 했다. 아버지가 떠나자 그녀의

55

어머니는 군인원호회일로 바빴다. 베스는 혼자 공부하고 그녀가 할 수 있는 최선을 했다. 그녀는 집안일을 잘하는 소녀였다. 보상을 바라고 하는 것이 아니라 그저 식구들의 사랑을 받고 싶어서 한나를 도와 집안일을 했다. 그녀는 매일 아침 옷을 입혀줘야 하는 인형 여섯 개가 있었다. 언니들이 버린 것 이어서 인형 중에 어떤 하나도 온전하거나 예쁜 것은 없었다. 베스는 아픈 인형을 위한 병원을 만들었다. 잘 먹이고 잘 입히고 간호해주고 애정을 가지고 쓰다듬어주었다. 그녀는 인형에게 자장가를 불러주고 잘 자라는 키스를 해주지 않고 자는 법이 없었다.

베스는 다른 자매들처럼 자신만의 어려움을 가지고 있었다. 음악 수업을 받고 좋은 피아노를 가질 수 없어서 그녀는 소리죽여 울었다. 그녀는 음악을 너무 사랑했고 배우려고 열심히 노력했다. 집에 있는 오래된 악기를 인내심을 가지고 연습했다 아무래도 누군가가(마치 백모님을 말하는 것은 아니지만) 도와주어야만 했다. 하지만 아무도 도와주지 않았고 베스는 누렇게 바랜 건반에 떨어진 눈물을 닦아내야 했다. "내가 착하게 행동하면 언젠가는 피아노를 얻을 거야." 날마다 그녀는 혼잣말했다.

에이미의 인생에서 가장 큰 시련은 그녀의 코였다. 아기였을 때 조가 실수로 떨어뜨렸다. 에이미는 이 때 떨어진 게 자신의 코를 망쳐놓았다고 확신했다. 그녀의 코는 크지도 않고 딸기코도 아니지만 약간 낮았다. 에이미를 제외하고 아무도 그녀의 코에 신경 쓰지 않았다. 에이미는 귀족적으로 오똑한 코를 만들고자 집게를 집고 있었다. 스스로를 위로하기 위해서 완벽한 코 모양의 그림을 그렸다.

그녀는 그림에 매우 재능이 있었다. 꽃을 그리거나 이야기를 묘사하는 그림을 그릴 때 가장 행복했다. 그녀의 선생님들은 그녀가 계산은 안하고 공책에 온통 동물그림으로 도배를 해두어 불평했다. 지도책의 빈 공간은 지도를 베껴 그리는 데 썼다. 선생님들과 친구들을 그린 캐리커처가 책속에서 떨어졌지만 그녀는 평소에 잘 처신해서 큰 문제는 없었다. 에이미는 성격이 좋고 힘들이지 않고 사람들 마음을 끄는 재주가 있어서 학교에서 인기가 좋았다. 그녀의 예의범절과 그림은 높게 평가받았다. 그녀는 불어를 약간 읽을 수 있고, 학교에 동급생들은 그녀가 쓰는 거창하고 어려운 말이 우아하다고 생각했다.

에이미는 자칫 버릇없는 아이가 될 수도 있지만 한 가지가 그녀를 겸손하게 만들었다. 그녀는 사촌의 옷을 물려 입어야 했다. 플로렌스의 친척 아줌마는 취향이 고급스럽지가 않아서 에이미는 깊이 상처받았다. 모든 옷이 품질 좋고 잘 만들어지고 새것 같았지만 에이미의 심미안에는 만족스럽지 못했다. 이번 겨울 그녀가 학교 갈 때 입는 드레스는 탁한 보라색에 노란 점이 박힌 옷이었다.

에이미는 속마음을 메그에게 털어놓았다. 반대성향끼리 끌려서 그런지 베스는 조에게만 속마음을 털어놓았다. 메그와 조는 서로서로 잘 어울려 지냈고 각각 동생 한명씩을 맡아 보살폈다. 그들은 이것을 "엄마놀이" 라고 불렀다.

"누구 할 이야기 있어? 너무 지루한 날이어서 재미 있는 이야기가 필요해." 그날 오후 그들이 앉아서 바느질을 함께 할 때 메그가 말했다.

"백모님과 오늘 하루 재미있게 잘 보냈어." 이야기 하기를 좋아하는 조가 시작했다. "지루한 벨샴 수필을 소리 내서 크게 읽고 있는데 백모님이 금방 조시지 뭐야. 그래서 웨이크필드의 목사라는 책을 꺼내서 한쪽 눈으로는 책을 보고 곁눈질로 백모님을 보면서 책을 읽었지. 그런데 백모님과 함께 있다는 사실을 깜빡하고 큰 소리로 웃어버린 거야. 그 소리에 백모님은 깨셨어. 하지만 주무셔서 그런지 기분이 예전보다 좋아보였지. 내가 읽고 있던 책을 좀 읽어보라고 하시더라. 벨샴 수필의 교육적인 내용보다 내가 좋아하는 실없는 책이 어떤 내용인지 궁금하셨나봐. 그래서 책을 약간 읽어드렸지. 백모님은 좋아 하시면서도 말씀은 이렇게 하시더라. '도대체 무슨 내용인지 하나도 이해를 못하겠다. 다시 처음으로 돌아가서 읽어봐.' 그래서 다시 처음부터 읽었어. 한번은 내가 장난기가 발동해서 흥미진진한 부분에서 얌전히 말씀드렸지. '피곤하신 것 같아요. 그만 읽을까요?' 백모님은 안경너머로 나를 째려보시더니 짜증내시며, '그 장은 마저 읽어라. 장난치려 하지 말고.'"

"백모님이 그 책을 좋아하신다고 인정하셨어?" 메그가 물었다.

"아니! 하지만 내가 놓고 간 장갑을 찾으러 되돌아갔더니 웨이크필드의 목사를 너무 열심히 읽고 계셔서 내가 들어오는 소리도 못 듣고 막 웃고 계시더라. 하기로 작정만 하면 참 재미있는 삶을 살 수 있는데. 할머니가 아무리 부자라도 하나도 안 부러워. 부자들도 가난한 사람들만큼 고민이 많으니까."

"얘기 듣고 보니 나도 생각나는 게 있어. 조의 얘기처럼 재미있지는 않지만 집에 오면서 아주 많이 생각을 했어. 킹 씨네 집에 갔더니 모두들 기분이 안 좋은 거야. 아이들 중 한명이 자기네 큰 오빠가 끔찍한 일을 저질러서 아버지가 오빠를 멀리 보내 버렸다는 거야. 킹 부인이 우는 소리랑 킹 씨가 아주 큰소리로 이야기 하는 것을 들었어. 그레이스와 엘렌은 지나갈 때 고개를 돌려버려서 개네 눈이 얼마나 빨갛고 부어있는지 못 봤어. 물론 아무것도 묻지 않았지 하지만 그 아이들이 참 불쌍하더라. 나쁜 짓을 해서 집안 명예를 떨어뜨리는 망나니가 없는 게 참 다행이야."

"내 생각에 학교에서 망신당하는 것이 제일 나쁜 것 같아." 에이미는 마치 그녀의 인생연륜이 오래되고 깊은 것처럼 고개를 절레절레 흔들면서 말했다. "수지 퍼킨스가 오늘 예쁜 홍옥 반지를 끼고 학교에 왔어. 그 반지가 너무 부러워서 진심으로 내가 그 애였으면 좋겠다고 생각했어. 수지는 선생님의 큰 코와 혹 그렸어. 우리가 그 그림을 보고 웃고 있을 때 선생님이 수지에게 책을 가지고 나오라고 하셨어. 겁을 잔뜩 먹고 수지는 선생님께 갔어. 선생님은 수지의 귀를 잡고 교단으로 끌고 가서 다른 아이들이 그림을 볼 수 있도록 거기서 30분 동안 책을 들고 서 있게 했어."

"애들이 그림을 보고 웃었니?" 조가 물었다.

"아니! 쥐처럼 가만히 앉아있었어. 수지는 계속 울

었어. 그 다음부터 수지가 전혀 부럽지 않았어. 홍옥 반지가 100만개 있어도 행복하지 않을 것 같았어. 절대로 그런 고통스러운 굴욕을 겪고 싶지 않아." 그리고 에이미는 뒤에 어려운 단어를 말한 것에 매우 자랑스러워했다.

"오늘 아침에 기분 좋은 모습을 봤어. 한나를 위해 굴을 사러 갔는데 로렌스 씨가 생선가게에 계셨어. 내가 생선 통 뒤에 숨어 있어서 나를 보지 못하셨어. 어부인 커터 씨랑 얘기하느라 바쁘셨어. 불쌍한 여자가 양동이와 대걸레를 들고 와서 커터 씨에게 바닥을 치울 테니 아이들 저녁거리로 생선을 조금 달라고 부탁했어. 커터 씨는 바빠서 안 된다고 했지. 배고프고 슬퍼 보이는 그 여자가 가려는데 로렌스 씨가 큰 고기를 지팡이의 굽은 부분으로 집어서 줬어. 그녀는 너무 기쁘고 놀라서 팔로 고기를 안고는 그에게 계속해서 감사하다고 했어. 정말 좋은 분 아니니? 그 여자가 크고 미끄러운 물고기를 안는 모습이 너무 웃겼어."

딸들은 베스의 이야기에 웃으며 엄마에게도 이야기

하나만 해달라고 졸랐다. 엄마는 웃으면서 즉시 이야기를 시작했다. 오랜 세월 딸들에게 이야기를 해줘서 아이들이 어떤 이야기를 좋아 하는 지 잘 알았다.

"옛날에, 네 명의 소녀가 있었어. 먹고 마시고 입을 것이 풍족하고 즐거운 일도 많았지. 친절한 친구들과 그들을 사랑해주는 부모도 있었어. 그렇지만 그들은 만족할 수 없었지.(이 부분에서 딸들은 서로를 어리둥절해서 쳐다보았다 그리고 다시 부지런히 바느질을 시작했다.) 이 소녀들은 착해지기를 원했고 많은 결심들을 했지. 하지만 그들은 이 결심들을 잘 지키지 않았어. 그리고 항상 이야기했단다. '이것만 있으면 좋을 텐데' 아니면 '저것만 할 수 있으면 좋을 텐데' 그들은 얼마나 많이 가지고 있는지 얼마나 많은 것들을 그들이 실제로 할 수 있는지 잊어버렸다. 그래서 그들은 노파에게 어떤 마법을 써야 그들이 행복해지는지 물었어. 그리고 노파는 이야기했단다. '삶이 불행하다고 느껴지면 네가 가지고 있는 축복을 생각해봐라 그러면 감사하게 될 거야.' 그들은 똑똑한 아이들이어서 노파의 충고

대로 해보려고 결심했어. 네 명의 소녀들은 그들이 얼마나 잘 사는지 깨달았어. 첫 번째 소녀는 돈이 부유한 사람들의 집에서 슬픔을 몰아낼 수 없다는 것을 알았고, 두 번째 소녀는 자신이 가난하지만 젊고 건강하고 활기가 넘치니 가진 것을 즐기지 못하는 심술쟁이 할머니 보다는 행복하다는 것을 발견했어. 세 번째 소녀는 저녁을 준비하는 것은 즐겁지 않지만 저녁을 구걸하는 것이 훨씬 힘들다는 것을 알았어. 그리고 네 번째 소녀는 착하게 행동하는 것이 홍옥 반지보다 더 가치 있다는 것을 알게 됐지. 그래서 그들은 불평하지 않고 자신들이 가지고 있는 축복을 즐기기로 했어."

모든 아이들은 그 이야기를 마음에 새기고 그들이 정말로 얼마나 행복한 지를 깨달았다.

5. 이웃사촌

추운 겨울날이었다. 조는 나가서 눈을 쓸어 집 주변에 길을 만들었다. 그러고 나서 그녀는 자기 집과 로렌스 씨의 집의 경계가 되는 낮은 울타리를 보았다. 대리석으로 된 대저택이 화려했지만 외롭고 생명이 없는 집 같았다. 잔디밭에서 노는 아이도 없고 사람들의 왕래가 거의 없어서 아무도 즐기지 않는 재미로 가득한 마법의 성 같았다 그녀는 집 안에 들어가서 로렌스 가의 소년과 친구가 되고 싶었다. 파티 이후로 그를 보지 못했다.

위 쪽 창문에서 검은색 고수머리가 보였다. 그녀가 창문에 눈뭉치를 던지자 고수머리는 곧바로 뒤돌아보았다. 로리의 큰 눈이 반짝이더니 이내 웃었다. 조는 고개를 끄덕이고 웃었다 빗자루를 흔들면서 소리쳤다,

"안녕? 아프니?"

그는 창문을 열어 쉰 목소리로 소리쳤다. "지금은 훨씬 좋아졌어. 고마워. 일주일 동안 독감으로 아팠어."

"저런 안됐다. 취미가 뭐야?"

"없어. 이 집은 지루해."

"괜찮으면 내가 갈게. 엄마가 허락해주시면."

"오, 그래! 제발 와 줘!" 로리가 소리쳤다.

조는 빗자루를 어깨에 둘러매고 식구들이 그녀에게 뭐라고 할 지 궁금해 하면서 집으로 걸어갔다. 로리는 친구가 온다는 생각에 들떠서 어쩔 줄 몰라 하며 손님 맞이로 바빴다. 마치 부인의 말처럼 그는 '어린 신사'여서 예의를 갖춰 손님을 맞으려고 고수머리를 빗고 깨끗한 셔츠로 갈아입고 방을 정리했다.

곧 벨소리가 크게 울리고 활기 찬 목소리가 로리를

찾았다. 그리고 깜짝 놀란 하인이 젊은 아가씨의 도착을 알리러 뛰어 올라왔다. 조는 한손에는 케이크를 들고 다른 손에는 베스의 세 마리 새끼고양이를 들고 그의 방문에 나타났다.

그들은 새끼 고양이를 보고 웃었고 로리는 곧 쑥스러움을 잊어버렸다. 잠시 후에 조는 흥미로워 보이는 책들을 발견했다. "내가 책 읽어줄까?" 그녀는 그에게 물었다.

"다 읽은 책들이야. 그냥 얘기나 하자." 로리가 대답했다.

"좋아. 너만 허락한다면 하루 종일 말할 수 있어. 베스는 내가 얘기를 한 번 시작하면언제 멈춰야 할 지 모른대."

"밖에는 잘 안 나가고 집에 거의 있는 얼굴이 장밋빛깔인 아이 말이지? 작은 바구니를 들고 가끔 밖에 나가더라."

"그래. 걔가 베스야. 착한 아이야."

"그리고 예쁜 아이는 메그, 그리고 곱슬머리는 에

이미지?"

"그래. 어떻게 알아?"

로리는 얼굴이 붉어졌다. "나는 너희들이 서로를 부르는 소리를 종종 들어. 혼자 이 방에 있으면 너희 집을 보지 않을 수가 없어. 너희들은 항상 재미있게 노는 것 같더라. 어머니는 좋으신 분처럼 보여. 나는 너도 알다시피 엄마가 없어," 그는 감정조절이 안 돼 떨리는 입술이 보이지 않게 벽난로 불을 쑤셨다.

"우리 집에 와서 우리식구들을 만나면 좋겠다. 우리는 재미있게 놀아. 너희 할아버지가 허락해주실까?"

"내 생각에 너의 어머니가 할아버지께 말씀드리면 허락하실걸. 할아버지는 무서워 보이시지만 좋은 분이야." 로리가 점점 더 얼굴이 밝아지며 말했다.

그러고 조는 그에게 백모의 뚱뚱한 푸들, 스페인어를 하는 앵무새 그녀가 좋아하는 백모님 댁 서재이야기 등등 재미있는 이야기를 해주었다. 로리는 눈물이 볼을 타고 흘러내릴 때까지 웃었다. 그러고 나서 그들은 책 이야기를 시작했다. 조는 로리도 자기만큼 책을 좋아하고 자기보다 훨씬 많은 책을 읽은 것을 알게 되어서 기뻤다.

"내려가서 서재 보러가자." 로리가 말했다.

"할아버지가 외출하셨으니 무서워 할 필요 없어."

"나는 아무도 안 무서워." 조가 대답했다.

"그 말은 못 믿겠는걸!" 소년이 그녀를 감탄하듯이 쳐다보며 대답했다. 그러나 그는 마음속으로 할아버지가 기분 나쁠 때 만나면 그녀가 할아버지를 약간 두려워할 것이라고 생각했다.

로리는 조를 서재로 데려갔다. 그녀는 손뼉을 치면서 기뻐서 춤을 추었다. 서재는 책들로 꽉 차있었고 그림들과 조각상과 큰 벽난로가 있었다.

"정말 굉장하구나!" 조가 큰 안락의자에 털썩 앉으며 한숨 쉬었다, "너는 세상에서 제일 행복한 아이야."

"책으로만 살 수 없어." 로리가 맞은편 탁자에 걸터 앉으며 머리를 흔들면서 말했다.

벨이 울리고 조는 의자에서 튀어 올랐다. "너희 할아

버지셔!" 그녀는 소리쳤다.

"그래서 뭐가 어때? 세상에서 무서운 게 없다며." 소년이 미소 지으며 대답했다.

"너희 할아버지 약간 무서운 것 같아. 내가 왜 여기 있는지 모르겠다." 조가 눈을 문에 고정시킨 채 말했다.

그러나 그는 로리를 진찰하러온 의사였다. 조는 서재에서 혼자 몇 분 동안 기다리리기로 했다. 그녀는 문이 다시 열렸을 때 노신사의 초상화 앞에 서 있었다. 돌아보지도 않고 그녀는 말했다. "너희 할아버지 안 무서운 것 같아. 왜냐하면 입은 약간 엄하시지만 눈이 참 인자하시거든. 그리고 의지가 굉장히 강하신 분 같아. 우리 할아버지만큼 잘 생기시지는 않으셨지만 그래도 난 너희 할아버지가 좋아."

"고맙네. 아가씨." 저음의 목소리가 그녀 뒤에서 말했다. 조는 뒤돌아서 로렌스 씨를 보았다.

불쌍한 조는 더 이상 붉어질 수 없을 때까지 얼굴이 붉어졌고 심장은 매우 빨리 뛰었다. 잠시 동안 도망갈까 생각했지만 초상화의 눈보다 훨씬 더 친절해 보이는 무성한 눈썹 아래의 눈을 보았다. 그녀는 기분이 약간 더 좋아졌다. 그러고 나서 노신사는 크게 말했다. "그래 너는 내가 무섭지 않다고?"

"그렇게 많이 무섭지는 않아요. 할아버지."

"그리고 너희 할아버지보다는 내가 잘생기지 않았다고?"

"예."

"그리고 내가 엄청난 의지를 가졌다고, 그러냐?"

"그렇게 생각한다고 말했을 뿐입니다."

"어쨌든 내가 좋다고?"

"예, 할아버지."

그 대답이 노신사를 기쁘게 했다. 그는 잠깐 웃고 그녀와 악수를 했다.

"너는 너희 할아버지의 기질을 닮았구나." 그는 말했다.

"그는 멋진 사람이었지 용감하고 정직했어. 나는 그가 나의 친구인 것이 자랑스러웠다."

"감사합니다. 할아버지." 이제 꽤 편안해진 조가 말

했다. 그녀는 약간 외로워 보이는 로리와 함께 놀려고 왔다고 말했다. 로렌스 씨는 그녀가 한 말에 놀란 듯이 보였다 그러나 조에게 차를 마시고 더 있다가 가라고 권했다. 그는 옛날식으로 예의를 갖춰 그의 팔을 그녀에게 내밀었다. 그들은 거실로 함께 걸어갔다.

조가 근엄한 할아버지의 팔에 팔짱을 끼고 있는 놀라운 광경에 로리는 계단을 뛰어내려오다가 갑자기 멈춰 섰다. 조는 그에게 의기양양한 승리의 미소를 보냈다.

노신사는 차를 마시며 그다지 말을 많이 하지는 않았지만 젊은이들이 오랜 친구처럼 수다 떠는 모습을 지켜보았다. 그는 손자의 변화된 모습을 보았다. 소년의 얼굴에는 이제 생기가 돌았다.

차를 마시고 조는 로리에게 그랜드 피아노를 연주할 수 있는 지 물었다. 로리는 피아노를 쳤고 조는 그의 연주에 깊은 감동을 받았다. 그녀는 베스가 그의 연주를 들었으면 좋았을 텐데 라고 생각했다. 그녀는 그가 쑥스러워 할 때까지 그를 칭찬했다 .

조는 집에 돌아가서 식구들에게 오후에 있었던 일을
이야기했다. 마치 부인은 로리가 언제든지 방문해도 좋
다고 말했다.

6. 베스의 아름다운 궁전

얼마 후 로렌스 씨가 마치 가족을 방문했다. 수줍어
하는 베스를 빼고는 아무도 그가 무섭다고 생각하지 않
았다. 그는 마치네 가족과 시간 보내는 것을 즐겼고 정
기적으로 방문했다.

모두가 로리를 좋아했다. 소녀들은 로리를 추켜세웠
고 그는 마치네 식구들이 아주 유쾌하다고 생각했다.
어머니와 여자형제들이 없는 로리에게는 그들의 모습
이 흥미롭게 보였다. 그의 가정교사 브룩 씨는 로리가
항상 수업을 빼먹고 마치네로 놀러간다는 만족스럽지

않은 보고서를 작성해야만했다.

"신경 쓰지 말게. 놀게 내버려둬. 나중에 보충하면 되지." 노신사는 말했다. "마치 부인이 로리가 공부만 하니까 가끔 친구와 놀면서 운동도 필요하다고 말하더 군. 그녀가 맞는 것 같아. 로리가 좋아하는 것을 하게 내버려둬. 옆집 소녀들 집에서 말썽을 일으키지는 않 을 테니까. 그리고 우리보다는 마치부인이 로리에게 더 많은 도움이 될 거야."

로리와 마치네 자매들은 재미있게 놀았다. 그들은 연 극을 공연했고 썰매 타러 가고 스케이트를 타러갔다. 가끔 로리네 저택에서 재미있는 작은 파티도 열었다. 메그는 그녀가 원할 때는 언제든지 온실을 걸으며 꽃을 볼 수 있었다. 조는 큰 서재에서 책을 빌렸고 에이미는 그림을 베껴 그리거나 아름다운 미술품을 감상했다.

베스는 그랜드 피아노를 쳐보고 싶었지만 저택으로 갈 용기를 내지 못했다. 그녀는 한번은 조와 함께 갔다 가 그녀를 뚫어지게 쳐다보고 큰 목소리고 이야기하는 노신사가 무서워 도망가 버렸다. 너무나 쳐보고 싶은 피아노가 있다고 해도 다시는 그 집에 가지 않겠다고 맹세했다.

로렌스 씨가 이 이야기를 전해 듣게 되었다. 그는 마치네 잠깐 들러서 위대한 가수들, 멋진 오르간 등 음악 이야기를 하기 시작했다. 베스는 구석에서 살금살금 나왔다. 그녀는 그의 의자 뒤에 서서 큰 눈을 동그랗게 뜨고 흥분으로 볼이 붉어지며 이야기를 들었다. 로렌스 씨는 그녀를 못 본 채 하고 마치부인에게 말했다.

"로리는 이제 피아노를 그다지 많이 연주하지 않아요. 안심이 되기도 하구요. 전에는 악기연주를 너무 좋아했거든요. 피아노는 계속 쳐야 음정이 유지되니 따님들 중에 몇 명이 우리 집에 건너가서 가끔 피아노를 연주하라고 해 주세요."

베스는 한 발자국 앞으로 나가 무의식중에 박수치지 않도록 두 손을 꽉 쥐었다. 그랜드 피아노를 연주한다는 생각에 숨을 쉴 수가 없었다. 마치부인이 대답하기 전에 로렌스 씨는 계속 이야기를 이어갔다.

"사람들 마주 칠 일이 없을 거예요. 그저 아무 때나

오면 됩니다. 나는 집구석에 서재에 주로 쳐 박혀 있고 로리는 자주 밖에 나가요. 오전 9시 이후로는 거실 근처에 하인들도 없구요."

그는 나가려고 일어섰다. "제발 따님들에게 제가 한 말을 전해주십시오. 오기 싫어하면 어쩔 수 없지만요." 그 때 작은 손이 그의 손에 미끄러져 들어왔다. 베스는 얼굴 가득 감사의 미소를 띠고 그를 올려다보았다.

"선생님, 너무 감사드립니다!" 그녀는 작은 목소리로 말했다.

"네가 피아노를 잘 친다는 아이냐?" 그는 매우 친절하게 물었다.

"저는 베스예요. 피아노를 너무 좋아해요. 아무도 제가 피아노 치는 소리를 듣거나 방해하지 않는다면, 갈게요." 그녀는 말하면서 자신의 대담함에 몸을 떨었다.

"아무도 방해 안 할 거야. 아가씨. 집은 반나절은 비어있으니 와서 마음껏 피아노를 치거라. 그래주면 고

맙겠구나."

"정말 감사해요, 할아버지!"

베스는 장미꽃처럼 얼굴이 붉어졌지만 이제는 무섭
지 않았다. 로렌스 씨가 그녀에게 준 소중한 선물이 고
마워서 그의 손을 꽉 쥐었다. 노신사는 베스의 이마에
흘러내려온 머리를 부드럽게 쓸어 올려 주었다. 그러
고 나서 그는 몸을 숙여 그녀에게 키스했다.

"나도 너와 똑같은 눈을 한 손녀가 있었지, 신의 축
복이 있기를!" 그는 서둘러 떠났다.

다음날 세 번의 시도 끝에 베스는 옆문으로 들어가
서 생쥐처럼 조용히 거실로 갔다. 주위에 누가 있는 지
살펴보느라 수시로 멈춰서면서 베스는 마침내 떨리는
손가락으로 그랜드 피아노를 만져보았다. 그녀는 즉시
두려움을 잊었다. 음악이 그녀에게 주는 말할 수 없는
기쁨만이 가득했다.

그녀는 한나가 와서 저녁식사 먹으러 집에 데리러 오
기 전까지 머물렀다. 그러나 그녀는 식욕이 없었다. 앉
아서 더없이 행복하게 미소만 지을 뿐이었다.

그 날 이후 갈색 후드코트는 거의 매일 울타리를 넘었다. 아무도 안볼 때 왔다가는 음악의 정령이 거실에 나타났다. 그녀는 로렌스 씨가 음악을 들으려고 서재 문을 열어두는 것을 몰랐다. 그녀는 복도에서 로리가 하인들이 거실 근처로 오지 못하게 하는 것을 보지 못했다. 그녀는 선반에서 발견한 연습 책과 새로운 노래들이 그녀를 위해 가져다 놓은 것이라고는 의심하지 않았다. 그녀는 즐겁게 연주했다. 오랜 소원이 이루어져서 더 이상 바랄 것이 없었다.

베스는 로렌스 씨에게 감사의 의미로 실내화를 만들어 드리기로 결심했다. 두 언니와 심각한 토론 끝에 무늬가 정해졌고 재료를 산 뒤 실내화를 만들기 시작했다. 베스는 어려운 부분은 도움을 받아가면서 열심히 만들었다. 곧 실내화는 완성되었다. 그녀는 짧고 간단한 카드를 써서 아침 일찍 로리의 도움으로 서재에 몰래 들어가 실내화를 서재 책상위에 놓았다.

베스는 할아버지의 반응이 어떨지 기다려 보았다. 하루가 지나자 그녀는 자기가 노신사를 화나게 한 것은 아닌지 두렵기 시작했다. 두 번째 날 오후에 그녀는 심부름을 나갔다. 자매들은 창문 밖으로 머리를 내밀고 베스를 기다렸다. 베스가 보이자 그들은 손을 흔들었다.

베스는 서둘러 집으로 들어갔다. 거실에 피아노가 놓여 있는 것을 보고 베스는 기쁨과 놀라움으로 얼굴이 창백하게 변했다. 윤이 나는 피아노 뚜껑위에 엘리자베스 마치 양 앞으로 온 편지가 있었다.

"나한테 온 편지야?" 베스가 주저앉을 것 같아 조에게 매달리며 숨을 헐떡였다.

"그래, 네 거야! 로렌스 씨는 세상에서 제일 마음이 따뜻한 분이셔 그렇지? 편지에 뭐라고 쓰여 있어?" 조가 여동생을 끌어안으며 편지를 전해주었다.

"언니가 읽어! 난 못 읽겠어! 너무 좋아!" 선물에 감격해서 베스는 조의 앞치마에 얼굴을 묻었다.

조는 편지를 펴서 큰 소리로 읽었다.

마치 양에게
내 생에 많은 실내화가 있었지만 아가씨가 준 것 만

큼 예쁜 것 없었어. 실내화를 보면 항상 아가씨 생각이 날거야. 선물이 고마워서 내 손녀가 치던 피아노를 보내요.

아가씨의 하찮은 친구가 감사의 마음을 담아
제임스 로렌스

베스는 어느 때보다 더 흥분되어 보였다.

"피아노 쳐봐요. 피아노 소리 좀 들어보게." 항상 가족의 기쁨과 슬픔을 함께 나눠온 한나가 말했다.

베스는 아름다운 흰색과 검은색의 건반을 눌렀고 페달을 밟았다. 모든 사람이 그들이 들어 본 중에 최고의 소리를 가진 피아노라고 이야기했다.

"가서 로렌스에게 감사인사 드려야지." 수줍음 많은 베스가 가는 것은 불가능한 것처럼 보였기에 조가 농담 삼아 말했다. 하지만 놀랍게도 베스는 그러겠다고 하고 곧바로 밖으로 나갔다. 자매들은 놀라서 말없이 서로를 쳐다보았다.

자매들은 베스의 다음 행동을 보았다면 훨씬 더 놀

랐을 것이다. 베스는 서재 문을 두드렸고 깜짝 놀란 로렌스 씨에게 곧장 걸어갔다. 그녀는 손을 내밀며 말했다. "감사인사 드리러 왔어요……." 로렌스 씨가 다정해 보여서 할 말을 잃어 말을 마저 끝낼 수 없었다. 그가 사랑하는 손녀를 잃었다는 것만 기억났다. 베스는 로렌스 씨의 목에 손을 두르고 키스했다.

노신사는 깜짝 놀랐다. 그는 베스의 키스에 감동받고 기뻐서 그녀를 무릎에 앉히고 안아주었다. 그는 죽은 손녀가 되살아 온 것 같이 느꼈다. 베스는 앉아서 그를 오래 알아온 것처럼 조잘거리며 얘기했다. 사랑이 두려움을 몰아내고 감사의 마음이 자만심을 몰아냈다.

7. 에이미의 굴욕의 계곡

에이미에게 고민이 생겨 어느 날 메그에게 심각하게 얘기했다. "친구들에게 라임을 빚지고 있는 데 못 갚을 것 같아."

"무슨 일인지 이야기 해봐. 라임이 요즘 유행이니?" 메그가 말했다.

"응, 친구들이 항상 라임을 사 줘. 모든 애들이 수업시간에 라임을 먹고 있어. 쉬는 시간에는 라임을 연필, 구슬반지, 종이 인형 아니면 다른 거랑 바꿔. 누가 좋으면 좋다는 표시로 라임을 줘. 누구한테 삐져있으면 그 면전에서 라임을 먹고 한 번 빨게 해주지도 않아. 돌아가면서 한턱씩 내, 라임을 많이 받았는데 한 번도 못 줬어. 완전히 빚졌어."

메그는 지갑을 꺼냈고 에이미는 돈을 감사히 받았다.

다음 날 아침 에이미는 갈색 종이 가방을 책상위에 놓았다. 곧 모든 아이들이 에이미가 24개의 맛있는 라임을 가지고 왔다는 것을 알았다. 그녀는 친구들에 둘러싸였다. 케이티 브라운이 그녀를 자신의 다음 파티에 초대했다. 메리 킹슬리는 쉬는 시간까지 시계를 빌려주겠다고 난리였다. "에이미의 코는 그렇게 낮지는 않나봐. 라임냄새는 맡으니까" 라는 뼈아픈 말로 에이미를 놀렸던 제니 스노우는 수학숙제를 도와주겠다고 나섰다. 에이미는 "갑자기 친절할 필요 없어 아무리 그래도 너한테 라임을 안 줄 테니까." 라고 말하며 제니 스노우의 기대를 짓밟았다.

그 날 아침 유명인사가 학교를 방문해서 에이미가 그린 지도를 칭찬했다. 제니 스노우는 속이 쓰렸다. 유명인사가 떠나자마자 제니는 데이비스 선생님에게 에이미 마치가 책상에 절인 라임을 가지고 있다고 일렀다.

데이비스 선생님은 학교에 라임 가져오는 것을 금지했다. 그는 학교에서 껌을 씹고 소설책과 신문을 읽고, 인상을 쓰거나 별명을 부르는 일, 캐리커처 그리기를 금지했다. 그는 이 말괄량이 소녀들을 더 이상 참을 수 없었다. 라임이라는 말은 화약고에 불을 붙이는 격이었다. 그의 얼굴을 화가 나서 붉으락푸르락했다.

"마치양, 내 책상으로 라임 가지고 와."

교실은 조용해졌다. 50쌍의 눈이 선생님의 화난 얼굴을 보았다.

에이미는 일어섰다.

"전부 다 가져가지는 마" 옆자리의 학생이 속삭였다.

에이미는 라임 6개를 가지고 가 선생님 앞에 놓았다.

"이게 다야?"

"다는 아니고요." 에이미가 웅얼거렸다.

"나머지도 빨리 가져와."

에이미는 절망적인 눈초리로 친구들을 보며 선생님

말씀을 따랐다.

"이 역겨운 것들을 가져와서 창문 밖으로 던져라."

수치와 분노로 얼굴이 벌게져서는 에이미는 라임을 창문 밖으로 던졌다. 그녀가 라임을 던지고 나자 데이비스 선생님은 손을 내밀라고 말씀하셨다. 그는 그녀의 손바닥을 몇 차례 때렸다. 에이미의 인생에서 맞은 적은 이번이 처음이었다. 에이미는 모멸감을 느꼈다. 데이비스 선생님은 쉬는 시간까지 교실 앞에 서 있으라고 명령했다.

그 벌은 끔찍했다. 에이미는 학급친구들을 마주보고서 있어야했다. 에이미는 눈을 교실 뒤에 고정시키고 벌을 섰다. 소녀들은 움직임이 없고 창백한 불쌍한 모습의 친구를 앞에 두고 공부할 수가 없었다.

15분 동안 자존심 강하고 여린 소녀는 결코 잊을 수 없는 수치심과 고통을 겪었다. 그녀가 살아온 12년 동안 결코 맞거나 창피를 당한 적이 없었다. 15분이 한 시간 같았다. 마침내 벌이 끝나고 "휴식!"이라는 말이 그렇게 좋을 수가 없었다.

에이미는 한 마디 말도 없이 집으로 곧장 왔다. 가족 회의가 열렸다. 마치 부인이 말했다. "에이미, 학교를 쉬어도 좋아. 매일 베스 언니랑 공부를 하렴. 나는 특히 여학생에게 체벌은 동의하지 않는다. 나는 데이비스 선생님의 교수법이 마음에 들지 않아. 너의 친구들도 너에게 좋은 영향을 끼치는 것 같지가 않아. 너를 다른 곳으로 보내기 전에 아버지의 의견을 물어야겠다."

"좋아요. 나는 다른 아이들도 학교를 그만둬서 학교가 폐교되었으면 좋겠어. 맛있는 라임을 생각하면 끔찍해." 에이미가 한숨 쉬었다.

"나는 네가 라임을 잃어버린 것은 하나도 아쉽지가 않다. 네가 규칙을 어겼으니 벌 받는 것은 당연해." 마치 부인이 말했다. 동정을 바랐던 에이미는 실망했다. "데이비스 선생님이 너를 때린 것은 잘못이지만 너는 점점 허영심이 들어가는 것 같구나. 너는 겸손함을 배워야한다."

"겸손함이 최고의 미덕이지!" 구석에서 조와 체스를 두고 있던 로리가 외쳤다. "음악에 뛰어난 재능을 가진 여자애를 알았었는데 정작 자신은 그걸 모르는 거야. 자기가 만든 곡조가 얼마나 좋은 지 생각해 본 적도 없어."

"그 멋진 소녀를 알았으면 좋을 텐데. 나를 도와줬으면 좋겠다. 나는 너무 멍청하거든." 베스가 얘기했다.

"너도 아는 애야." 의미심장하게 그녀를 보면서 로리가 대답했다.

베스는 갑자기 얼굴이 붉어졌고 얼굴을 소파 쿠션에 묻었다.

조는 베스를 그렇게 칭찬해준 것이 고마워서 로리가 체스게임에서 이기게 해주었다. 베스는 너무 당황해서 피아노를 칠 수가 없어서 로리가 대신 피아노를 쳤다. 그는 피아노를 치면서 즐겁게 노래 불렀다. 그가 가자 저녁 내내 생각에 빠져있던 에이미는 갑자기 말했다. "로리 오빠는 교양 있는 사람이죠?"

"그럼. 뛰어난 교육을 받았고 아주 재능이 있지. 버릇없이 자라지만 않으면 훌륭한 남자가 될 거야." 그녀의 어머니가 대답했다.

"그러면 오빠는 잘난 척 하나요?"

"전혀. 그러니 그가 매력적이고 우리 모두가 로리를 좋아하지."

"알겠어요. 교양이 있고 우아하지만 과시하지 않는 것이 좋다는 거죠." 생각에 잠긴 듯이 에이미는 말했다.

마치부인은 웃었다.

"사람들에게 보여주려고 모자, 가운, 리본을 한 번에 다 한다고 생각해봐." 조가 말하자 모두가 웃었다.

8. 조, 악마와 만나다

"어디가?" 어느 토요일 오후 조용히 외출 준비를 하고 있는 메그와 조의 방으로 에이미가 들어오면서 물었다.

"신경 쓰지 마. 어린애는 몰라도 돼."

에이미는 메그에게 돌아서서 말했다. "제발 말해줘! 언니랑 같이 가고 싶어. 할 일도 없고 너무 외로워."

"미안해. 하지만 너는 초대받지 않았잖아." 메그가 친절하게 말했다.

조는 짜증이 나서 말했다. "에이미, 너는 못가. 그러니 아기처럼 징징대지 마."

에이미는 조를 무시했다. 그녀는 메그가 로리와 극장에 간다고 말해줄 때까지 계속 졸라댔다.

"잠깐 내말을 들어봐. 착한 아이가 되어야지." 메그가 부드럽게 이야기했다. "다음 주에 베스와 한나랑 같이 가서 재미있게 놀아."

그러나 에이미는 다음 주까지 기다리고 싶지 않았다. 그녀는 메그가 포기할 때까지 데려가 달라고 졸랐다. 조는 에이미를 돌보는 게 싫어서 화를 냈다. 그녀는 에이미가 가면 자기는 안 가겠다고 말했다. 에이미가 울기 시작했을 때 로리가 아래층에서 그들을 부르기 시작했다. 에이미는 남겨둔 채 메그와 조는 아래층으로 서둘러 내려갔다. 에이미는 버릇없는 아이처럼 행동했다. 그녀는 창문 밖으로 고개를 내밀어 소리쳤다. "후회할 거야. 조 마치!"

공연은 환상적이었다. 그러나 조는 약간 걱정이 되었다. 요정 여왕의 노란 금발머리는 에이미를 계속 생각나게 했고 에이미가 복수 한 답 시고 무슨 짓을 벌일

지 궁금했다. 에이미와 조는 둘 다 성격이 급해서 자주 싸웠다. 에이미는 조의 성질을 건드리고, 조는 에이미를 화나게 하고 그러다가 둘 다 폭발하면 나중에 후회하기 일쑤였다. 메그와 조가 집에 왔을 때 에이미는 벽난로 옆에서 책을 읽고 있었다. 그들이 들어오자 에이미는 그들을 못 본 척 했다. 그녀는 책에서 눈을 떼지 않았고 한 마디도 하지 않았다. 그들이 싸우면 에이미는 조의 옷을 바닥에 던져놓고는 했기 때문에 조는 방을 확인하러 가 보았다. 그러나 모든 것이 제자리에 있었다. 옷장, 가방 그리고 상자들을 급하게 둘러보고 조는 에이미가 자기를 용서해줬다고 결론 내렸다.

그러나 조가 잘못 생각한 것이었다. 몇 일후에 그녀는 끔찍한 사실을 알게 되었다. 오후 늦게 조가 방으로 뛰어 들어왔을 때 메그, 베스 그리고 에이미는 함께 앉아있었다. "누가 내 원고 가져갔어?" 그녀는 외쳤다.

메그와 베스는 깜짝 놀라서 즉시 말했다. "아니." 에이미는 불을 쑤시기만 할뿐 아무 말도 하지 않았다. 조는 그녀의 얼굴이 붉어지는 것을 보았다.

"에이미, 네가 가져갔지?"

"아니, 안 가져갔어."

"거짓말!" 조는 그녀의 어깨를 움켜잡으며 소리쳤다. "너 알고 있는 게 있잖아. 순순히 말하는 게 좋을걸. 안 그러면 말하게 만들 거야!"

"바보 같은 원고 다시는 못 볼 거야. 내가 태워버렸거든!" 에이미는 소리쳤다.

"뭐? 내가 그렇게 공들이던 원고인데. 고쳐 써서 아빠가 오시기 전까지 끝내려고 했단 말이야! 진짜 태웠어?" 조가 얼굴이 창백해지면서 말했다.

"그래, 태웠어! 내가 말했잖아 후회하게…" 에이미가 말을 마치기도 전에 조는 이성을 잃었다. 그녀는 에이미를 격하게 흔들고 소리쳤다. "이 사악한 것 같으니. 원고를 다시 쓸 수도 없잖아. 평생 용서하지 않을 거야!" 조는 에이미의 뺨을 때리고 방을 뛰어나갔다.

마치 부인이 집에 와서 이야기를 듣고 에이미를 호되게 꾸짖었다. 조의 원고는 그녀의 자존심이었다. 그저 동화였지만 조는 인내심을 가지고 작업을 했고 작품에 온갖 심혈을 기울였다. 그녀는 출판해도 좋을만한 책을 만들고 싶었다. 그 사건은 조에게 막대한 손실이 었다. 에이미는 온 식구가 자신에게 매우 실망한 것을 깨달았다. 그녀가 조에게 사과할 때까지 아무도 그녀를 좋아하지 않을 거라고 생각했다.

저녁 식사 때 조는 나타났다. 조는 매우 화가 나 보였다. 에이미가 조용히 말했다. "제발 용서해줘. 조 언니. 정말 미안해."

"절대로 용서하지 않을 거야." 조가 대답했다. 그 순간부터 조는 에이미를 완전히 무시했다. 엄마가 잘 자라는 키스를 하러 와서 말했다. "아가, 해가 질 때까지 분노를 품고 있지 마. 서로서로 용서하고, 서로 잘 도와라. 내일 다시 원고를 시작해."

조는 엄마를 껴안고 슬픔과 분노를 눈물로 날려 보내고 싶었지만 에이미가 듣고 있었기 때문에 화가 나서 얘기했다. "정말 끔찍해요. 에이미를 용서할 수 없어요."

다음날 조는 여전히 화가 나 있었다. 그녀는 로리와

기분전환 삼아 스케이트를 타러가기로 결정했다. 그녀는 스케이트를 가지고 밖에 나갔다.

에이미는 조가 나가는 것을 보고 외쳤다. "봄이 오기 전에 마지막 얼음이라고 조 언니가 다음번에 스케이트 타러갈 때 데려가겠다고 약속했는데 언니가 화가 나서 부탁해도 소용없겠어."

"그렇게 말하지 마. 네가 아주 나빴어. 네가 한 일을 용서하기는 힘이 들겠지만 스케이트 타면 기분이 좋아지니까 용서해줄 지도 몰라." 메그가 말했다. "조용히 따라가 봐. 조에게 키스해줘 아니면 다른 착한 일을 해 봐. 그러면 다시 풀어져서 사이가 좋아질걸."

그래서 에이미는 막 언덕 너머 사라진 조와 로리를 따라 뛰어갔다.

강에서 그리 멀지 않은 곳이었다. 그러나 에이미가 도착하기 전에 스케이트 탈 준비를 끝냈다. 조는 에이미가 오는 것을 보고 등을 돌려 버렸다. 로리는 얼음을 체크하려고 강변을 따라 조심스럽게 스케이트를 타고 있었기 때문에 에이미를 보지 못했다.

조는 에이미가 스케이트를 신는 것을 알았지만 모른 척하고 스케이트를 타러 갔다. 로리는 소리쳤다. "강가에서만 타! 가운데는 위험해!"

조는 그 소리를 들었지만 에이미는 스케이트를 신느라 낑낑대고 있어서 한 마디도 듣지 못했다. 조는 에이미를 계속 무시하기로 했다. "듣거나 말거나 자기가 알아서 하겠지."

로리는 강이 굽어진 부분에서 사라졌다. 조는 모퉁이를 막 돌았다. 에이미는 훨씬 뒤에 처져 있다가 강 중간에 좀 더 얼음이 매끄러운 부분으로 나갔다. 이상한 기분이 들어서 조는 멈춰 섰다. 그녀는 주변을 둘러보았고 에이미가 얇은 얼음이 깨지면서 물에 빠진 것을 보았다. 물 튀기는 소리와 에이미의 비명소리가 조의 심장을 공포로 얼어붙게 했다. 그녀는 로리를 부르려고 했지만 목소리가 나오지 않았다. 그녀는 앞으로 달려 나가려 했지만 발이 움직이지 않았다. 뭔가가 그녀 옆을 빨리 지나갔다. 그리고 로리가 소리쳤다. "나무 좀 가져와. 빨리, 빨리!"

　조의 인생에서 그렇게 빨리 움직인 적이 없었다. 그
녀는 강가로 스케이트를 타고 가서 맨손으로 담장에서
나무를 뜯어내고 스케이트를 지쳐 돌아왔다. 로리가 배
를 깔고 누워 에이미를 한 손으로 잡았다. 그들은 함께
에이미를 밖으로 꺼냈다.

　그들은 에이미를 서둘러 집으로 데리고 갔다. 에이
미는 담요로 몸을 싸고 따뜻한 불앞에서 잠이 들었다.
조는 창백해 보였다. 펜스를 떼어내느라 그녀의 드레
스는 찢어지고 손은 상처입고 눈은 멍들었다. "에이미
확실히 괜찮죠? "엄마가 조의 손에 붕대를 감아 줄때
그녀는 속삭였다.

　"그래. 다치지 않았어. 감기도 들지 않았단다." 엄
마는 명랑하게 대답했다.

"로리가 다 했어요. 저는 에이미를 내버려 뒀어요. 만약 에이미가 죽었으면 그건 온전히 제 잘못 이예요." 조는 쓰러져서 울었다. "이 망할 성질! 성질을 좀 죽이려고 했는데, 그랬다고 생각했는데 갑자기 화가 터져서 전보다 더 심하게! 엄마, 저는 어떻게 해야 하나요? 어째야 하죠?"

"오늘 일을 기억하고 이런 일이 다시는 일어나지 않도록 해. 내 성격도 너랑 비슷했단다."

"하지만 엄마! 엄마는 절대 화내지 않잖아요!" 조는 너무 놀라서 울음을 그쳤다.

"40년을 노력해서야 화를 조절하는 데 성공했어. 나도 거의 매일 화를 내지만 밖으로 드러내지 않으려 노력한단다. 화라는 감정을 아예 느끼지 않으려면 또 40년이 걸리겠지."

조는 엄마의 차분하고 인내심이 있는 얼굴을 보았다 그녀는 엄마를 전보다 더 사랑하게 되었다.

"가끔 화날 때 입술을 꼭 다물고 방을 나가시죠?"

"그래, 화가 나서 말이 튀어나오는 것을 참으려는

거지. 너희 아버지가 내게 가르쳐줬지. 아버지는 결코 인내심을 잃지 않으신단다. 그는 나를 도와주고 편안하게 만들어줘."

조는 엄마의 눈에 눈물이 맺히는 것을 보았다. 그녀는 엄마를 꼭 안고 조용히 기도했다. 그리고 그녀는 에이미에게 몸을 굽혀 에이미의 젖은 머리를 부드럽게 쓰다듬었다.

"해가 진후에도 분노를 삭이지 못하고, 용서하려고도 하지 않았어요. 로리가 아니었다면 돌이킬 수 없는 일이 일어났을 거예요!" 조가 부드럽게 말했다.

그녀의 말을 들은 것처럼 에이미는 눈을 떴다. 에이미는 조의 마음에 깊이 와 닿는 웃음을 지으며 팔을 뻗었다. 둘 다 한마디 말이 없었다. 그들은 껴안고 진한 키스 하나로 모든 것은 용서되고 잊혀졌다.

9. 허영의 시장에 간 메그

　메그는 2주간 그녀의 부자 친구 애니 모펫의 집에 초
대를 받았다. 다행히 킹씨네 아이들이 홍역을 앓아 그
녀는 얼마간 일을 쉴 수가 있었다. 그녀는 매우 행복했
지만 자신의 초라한 옷이 걱정되었다. 그녀는 자매들
에게 둘러싸여 옷 가방을 쌌다. 마치 부인은 메그가 전
보다 더 불만을 가지지 않을까 걱정했다. 그러나 메그
는 간청했고 샐리는 잘 보살펴주겠다고 약속했다. 마
치 부인은 어쩔 수없이 허락했고 메그는 처음으로 사교
생활을 경험해보게 되었다.

모펫가문은 대단한 상류층이었다. 검소한 메그는 집이 너무 크고 사람들은 너무 우아했기 때문에 약간 겁을 먹었다. 그러나 그들은 친절한 사람들이었고 그녀는 곧 안정을 되찾았다. 그녀는 매일 좋은 음식을 먹는 것, 멋진 마차를 타고, 최고의 드레스를 입고, 일은 하지 않고 즐겁게 지내기만 하는 것이 좋았다. 사실 전부 다 좋았다. 곧 그녀는 그녀의 부유한 친구들의 매너와 대화를 모방하기 시작했다. 그녀가 집을 생각하면 집은 궁핍하고 처량한 곳이었다. 그녀는 자기의 일도 생각했고 자신이 처량하게 느껴졌다.

그러나 신나는 시간을 보내느라 우울해할 시간이 별로 없었다. 그들은 매일 쇼핑하고 걷고 마차를 타고 사람들을 방문했다. 저녁에는 극장과 오페라에 갔다. 애니는 친구가 많아서 접대하는 법을 잘 알았다. 그녀의 언니들은 아주 우아한 아가씨들이었다. 한명은 약혼했는데 메그가 생각하기에 아주 흥미롭고 로맨틱한 일이었다. 모펫부부는 자기 딸들이 메그를 좋아하듯이 메그를 즉시 좋아하게 되었다. 메그는 소녀들에게 인기가 많았다.

첫 번째 파티 때, 메그는 그녀의 초라한 흰색 드레스를 입었다. 메그는 소녀들이 자신의 드레스를 흘끗 보고 서로 시선을 교환하는 것을 보았다. 아무도 말은 안 했지만 메그는 마음이 무거워졌다. 씁쓸한 기분이 점점 더 나빠지고 있을 때 하녀가 마치 양에게 배달된 꽃 상자를 가져왔다.

"너무 재미있다! 누가 보낸 거야? 애인이 있는지 몰랐는데." 메그 주위에 몰려들면서 소녀들이 소리쳤다.

"카드는 엄마가 꽃은 로리가 보낸 거야." 메그가 말했다. 애정이 듬뿍 담긴 글과 아름다운 꽃들이 메그의 기분을 좋아지게 했다. 다시 기분이 좋아져서 그녀는 빨리 친구들을 위한 부케를 만들었다. 거울 속에 비친 메그의 모습은 행복하고 밝았다. 그녀가 흰 색 드레스에 장미를 달자 드레스는 더 이상 초라해 보이지 않았다.

메그는 계속 춤을 추면서 그날 저녁을 매우 즐겁게 보냈다. 모든 사람들이 그녀에게 친절했다.

120 작은 아씨들

그녀의 파트너가 찬 음료를 가지러 간 사이 그녀는 온실에 앉아있었다. 모펫 부인의 목소리가 꽃으로 장식된 벽 너머로 들렸다.

"그는 몇 살이에요?

"16이나 17일걸요." 다른 목소리가 답했다.

"마치 부인은 계획을 확실히 짜 놓았네요. 아직 이른 감이 있지만 말예요. 메그는 아직 생각하고 있지 않은 것 같은데 곧 약혼하겠네요." 모펫부인이 말했다.

"메그도 알고 있는 듯 보여요. 엄마가 카드를 보냈다고 거짓말하던데요. 꽃을 보더니 얼굴이 붉어졌잖아요. 불쌍해라! 옷을 제대로 차려입으면 더 예쁠 텐데. 목요일에 드레스를 빌려줄까요?" 다른 목소리가 말했다.

메그의 파트너가 와서 그녀의 얼굴이 붉으락푸르락한 것을 보았다. 그녀는 엿들은 이야기를 잊으려고 했지만 잊혀 지지가 않았다. 울면서 집에 가고 싶었지만 그럴 수는 없었다. 그래서 그녀는 행복한 듯 보이려 최선을 다했다. 파티가 끝나고 자신의 침실에 조용히 있게 되자 비로소 안심이 되었다. 그녀는 머리가 아플 때까지 생각했다. 그녀의 뜨거운 뺨은 차가운 눈물로 차가와졌다. 그녀의 로리와의 순수한 우정이 그녀가 엿들은 이야기로 망가졌다. 그녀는 엄마가 그녀를 로리와 결혼시킬 계획을 짜고 있는 건 아닌지 의심하기도 했다. 그리고 그녀는 부유한 소녀들처럼 초라한 드레스가 세상에서 제일 큰 비극중의 하나라고 생각했다.

불쌍한 메그는 그날 밤 잠을 이룰 수가 없었다. 다음 날 아침에 일어나니 기분은 최악이고 자신이 부끄러워졌다. 메그는 친구들의 자신에 대한 태도가 바뀐 것을 알아차렸다. 그들은 그녀를 더욱 정중하게 대했고 그녀의 말에 더 흥미를 보였다. 그녀는 놀라고 우쭐해졌다 애니의 언니가 말할 때까지 친구들의 행동을 이해하지 못했다. "메그. 너의 친구 로렌스 씨에게 목요일 무도회 초대장을 보냈어. 그를 만나보고 싶어."

메그는 얼굴이 붉어져서 대답했다. "언니는 정말 친절하세요. 하지만 로렌스 씨는 오지 않을 거예요."

"왜?" 벨 양이 물었다.

"그는 너무 늙었거든요."

"무슨 말이니? 그가 몇 살인데?" 클라라 양이 소리쳤다.

"거의 70일걸요. 제 생각에." 메그가 대답했다.

"물론 우리는 젊은 로렌스 씨를 말하는 거야." 벨 양이 웃으며 외쳤다.

"젊은이는 없는데요. 로리는 그저 소년 이예요." 메그도 웃었다.

"네 나이 또래야." 난이 말했다.

"제 여동생 조 나이예요. 저는 8월에 17살이 되요." 메그가 되받았다.

"너에게 꽃을 보내다니 그는 정말 친절하구나, 그렇지?" 애니가 말했다.

"그래, 온실이 꽃으로 가득 차 있어서 우리 집에 종종 꽃을 보내. 엄마와 로렌스 씨는 친하셔서 우리는 같이 잘 어울려 놀아." 메그는 그들이 더 이상 아무 말도 하지 않기를 바랬다.

모펫부인이 실크와 레이스를 입은 코끼리처럼 천천

히 걸어왔다. "나 나갈 건데 뭐 필요한 거 없니, 아가씨들?"

"아니요, 감사해요." 샐리가 대답했다. "저는 목요일에 입을 분홍색 새 실크 드레스를 샀으니 아무것도 필요하지 않아요. 너는 뭐 입을 거야, 메그?"

"흰색 드레스를 또 입을 거야. 어제 밤에 약간 찢어졌는데 고치면 돼." 메그가 말했다. 아무렇지도 않은 척 말하려 했지만 기분이 우울했다.

"예쁜 파란색 실크 드레스가 있는데 너한테 잘 어울릴 거야." 벨이 친절하게 말했다. "네가 그 옷을 입은 모습을 보고 싶어. 나를 위해서 그 옷을 입어주겠니? 너 정말 예쁠 거야."

메그는 벨의 친절한 제안을 받아들였다. 목요일 저녁에 벨과 그의 하녀가 메그를 멋진 아가씨로 바꿔놓았다. 그들은 그녀의 머리를 말고 화장을 해주고 아주 타이트한 파란 드레스를 꽉 조이게 입혀주었다. 목 부분이 많이 파여서 수수한 메그는 거울에 비친 자신의 모습을 보고 얼굴이 붉어졌다. 은팔지, 목걸이, 브로치 그리고 귀걸이가 더해졌다. 높은 굽 실크 구두가 옷차림을 완벽하게 해주었다.

메그는 아래층의 파티 장으로 내려갔다. 전에는 메그를 무시했던 젊은 아가씨들이 아주 친절하게 굴었다. 다른 파티에서 그녀를 보기만 했던 몇몇의 젊은 신사들은 쳐다볼 뿐 아니라 소개를 청하고 온갖 실없는 이야기를 그녀에게 했다. 소파에 앉아서 사람들 품평을 하던 몇몇의 노부인들은 메그가 어떤 아가씨냐고 물었다.

메그는 자기가 부유하고 아름다운 젊은 아가씨가 된 것처럼 느꼈다. 그녀는 시시덕거렸고 재치 있어 보이려고 노력하는 남자들의 실없는 농담에 웃었다. 그녀는 로리가 자신을 놀래서 쳐다보고 있는 것을 보고 갑자기 웃음을 멈췄다. 그는 인사하고 웃었다 그러나 그의 눈빛에 그녀는 부끄러워져 얼굴이 붉어지고 자신의 드레스를 입을 걸하고 후회했다. 그때 그녀는 친구들이 그녀와 로리 사이를 매우 자세히 보고 있는 것을 눈치 챘다.

메그는 항상 하던 대로 행동하기로 결정했다. 방을

가로질러가서 로리와 악수했다. "네가 와서 기뻐." 그녀는 말했다.

"조가 가라고 해서 왔어. 누나가 어떤 모습인지 얘기해 달래." 로리가 답했다.

"뭐라고 말할 건대?" 메그가 물었다.

"누나가 누나답지 않게 너무 어른처럼 보여서알아보지 못했다고 말할 거야." 그는 말했다

"내 이런 모습이 싫어?" 메그가 물었다.

"응, 싫어." 로리가 퉁명스럽게 답했다.

"왜 싫은데?"

"인형처럼 보이잖아."

메그는 화가 나서 로리 곁을 떠나며 말했다. "너는 내가 본 최고로 무례한 남자야."

메그는 다른 젊은이들과 춤췄다. 로리는 저녁시간에 그녀가 샴페인 마시는 것을 볼 때 까지 메그에게 말을 걸지 않았다.

"샴페인 많이 마시면 내일 머리가 쪼개질 것처럼 아플 거야." 그녀와 앉아 있는 젊은이가 그녀의 잔을 채

우려 몸을 돌렸을 때 그녀의 의자에 몸을 기울이며 그
가 속삭였다. "메그 누나 어머니는 술을 안 좋아하셔.
누나도 알잖아."

"나는 메그가 아니야. 나는 온갖 미친 짓을 하는 인
형이야. 내일 나는 가짜 옷을 벗어버리고 다시 착해질
거야." 그녀는 가식적인 웃음을 지으며 대답했다.

"지금이 내일이면 좋겠다." 로리가 걸어가면서 말
했다.

메그는 다른 소녀들처럼 춤추고 희희덕거리며 이야
기했다 . 그녀는 한번은 춤을 추다가 거의 넘어질 뻔했
다. 로리는 그녀를 매우 못마땅하게 쳐다보았다. 그래
서 메그는 그날 밤 내내 로리에게서 멀리 떨어져있었
다.

메그는 피곤해하며 잠자리에 들었다. 자신이 기대했
던 것만큼 즐겁지가 않았다. 다음날 내내 그녀는 아팠
다. 토요일에 그녀는 집으로 돌아갔다.

엄마, 조와 일요일 저녁에 앉아있을 때 메그는 평화
롭고 조용한 집이 좋았다. 그녀는 있었던 일을 이야기

하고 정말 좋은 시간이었다고 말했다. 생각에 잠겨 불을 쳐다보며 앉아 있었다.

"집이 메그에게 지루하고 가난해 보일까봐 걱정했는데." 엄마가 말했다.

메그는 갑자기 일어나서 엄마의 무릎을 껴안았다. "엄마, 고백할게 있어요. 그들이 저를 치장해줬다고 말했잖아요. 그런데 옷이 얼마나 몸에 딱 달라붙는지 얘기하지 않았어요. 저한테 화장도 해줬어요. 로리가 제가 숙녀처럼 보이지 않는다고 했어요."

"그게 다야?" 조가 물었다. 마치 부인은 조용히 예쁜 딸의 슬픈 얼굴을 보았다.

"아니. 나는 샴페인도 마시고 남자들과 시시덕거리기도 했어." 메그가 말했다.

"뭔가가 더 있는 것 같은데." 메그의 갑자기 붉어진 부드러운 뺨을 어루만지며 마치 부인이 말했다.

그래서 그녀는 자신과 로리에 관해 엿들은 이야기를 꺼냈다. 조는 엄마가 화를 참기 위해 입술을 꽉 다무는 것을 보았다.

"내가 들은 것 중에 최고의 쓰레기 같은 말이야." 조가 소리쳤다. "엄마가 로리가 부자여서 언니랑 결혼시키려고 로리에게 친절하다고 상상해봐!" 조가 소리쳤다.

마치부인은 심각해보였다. "너를 내가 잘 모르는 사람들과 지내라고 보낸 내가 어리석었어. 그들은 친절하지만 속물이구나. 네가 무안했겠다. 메그."

"미안해 하지마세요. 기분 나쁘지 않았어요. 나쁜 것은 잊고 좋은 것만 기억할래요. 정말 재미있게 지냈거든요. 엄마 저를 애니네 집에 보내주셔서 정말 감사해요. 칭찬받고 존중받으니 좋았어요. "그녀는 말했다.

"칭찬이 너를 자만하게 만들지만 않으면 해로울 게 없지. 칭찬이 진심인지 가려내는 능력을 키워서 어리석게 행동하지 않도록 하렴."

조는 약간 혼란스러웠다. 메그 언니가 얼굴을 붉히며 남자들에게서 받은 칭찬이나 애인에 대해 이야기하는 것을 보는 것은 처음 있는 일이었다. 메그 언니는 2주 만에 여인으로 성숙했다. 그리고 조가 따라갈 수 없는 세상으로 멀어졌다.

"엄마 모펫부인이 말한 것 같은 계획이 있으세요?" 메그가 수줍어하며 물었다.

"그럼. 모든 엄마가 그런 것처럼 나도 계획이 많아, 그렇지만 내 계획은 모펫부인이 생각하는 것과 다르단다." 마치 부인은 딸들의 손을 잡고 얼굴을 찬찬히 보면서 말했다. "나는 내 딸들이 아름답고, 교양이 있고 착했으면 좋겠어. 사랑받고 존중받았으면 좋겠어. 행복한 유년기를 갖고 행복하게 결혼하고 사회에 보탬이 되고 행복한 삶을 살았으면 좋겠다. 좋은 남자에게 사랑받는 것이 여자에게 일어날 수 있는 최고로 행복한 일이야. 나는 정말로 너희들이 이런 아름다운 경험을 했으면 바란다. 나의 딸들아. 나는 너희들이 단지 그들이 부자라는 이유로 부자와 결혼하는 것을 바라지 않아. 돈은 필요하고 유용한 것이지만 가장 중요한 것은 아니란다. 너희들이 자존심과 마음의 평화가 없는 여왕이 되느니 가난한 사람과 결혼해서 행복하고 사랑받는 게 좋아."

"벨 언니는 적극적으로 나서지 않으면 가난한 소녀들은 기회가 없다고 말했어요." 메그가 한숨지었다.

"그러면 우리는 결혼 못하겠네!" 조가 단호하게 말했다.

"맞아 조. 불행한 결혼생활보다 행복한 독신이 더 좋아." 마치 부인이 말했다.

"걱정 마. 메그. 진정한 연인에게 가난은 중요하지 않아. 한 가지만 기억해라 애들아. 너의 엄마와 아빠는 너희들이 결혼하건 독신으로 지내건 너희들을 사랑하고 너희들을 자랑스럽게 생각한단다."

"기억할거예요. 엄마!" 그들은 진심으로 큰소리로 대답했다

10. 실험

"6월 1일이야! 킹씨네 가족이 내일 바닷가로 떠나니까 이제 나는 자유다. 3개월간의 휴가야. 뭐 하면서 재미있게 보내지?" 메그가 소리쳤다.

"마치 백모님이 오늘 떠나셔서 나도 행복해!" 조가 외쳤다. "백모님이 나한테 같이 가자고 하실까봐 두려웠어. 백모님이 말씀하실 때마다 백모님이 나와 떨어져서 못 지내겠다고 하실까봐 더럭 겁이 나더라고. 백모님이 완전히 마차를 타고 떠나실 때까지 긴장하고 있었지. 마차가 떠나면서 백모님이 머리를 쑥 내밀로 말씀하시는 거야 '조세핀, 너 말이야..?' 나는 더 이상 듣지 못했어. 왜냐하면 나는 돌아서서 도망갔거든. 사실 뛰었다는 말이 맞겠지? 모퉁이를 잽싸게 돌고서야 이제 안전하다고 느껴지더라."

"불쌍한 조 언니! 언니가 집에 들어올 때 곰이 뒤에 쫓아오나 했다니까." 베스가 말했다.

"휴가 때 뭐할 거야?" 에이미가 물었다.

"아침 늦게 까지 침대에 누워서 아무것도 안 할 거야." 메그가 말했다.

"나는 읽고 싶은 책이 너무 많아. 사과나무에 앉아서 책을 읽을 거야." 조가 대답했다.

"베스언니 우리도 공부하지 말고 메그 언니랑 조 언니처럼 하루 종일 놀자." 에이미가 말했다.

"엄마가 허락하시면 그럴게. 새로운 노래를 배우고 싶고 인형 옷을 만들고 싶어." 베스가 엄마를 향해 몸을 돌리며 물었다. "그래도 되요, 엄마?"

마치 부인은 실험삼아 일주일 동안 하고 싶은 대로 하라고 말했다. 그녀는 토요일 밤쯤 되면 공부는 안하고 놀기만 하는 것이 놀지 않고 공부만 하는 것만큼 나쁘다는 것을 알게 되리라 생각했다.

다음날 아침 메그는 10시까지 일어나지 않았다. 혼자 아침을 먹으니 맛이 없었다. 조가 화병을 채워놓지 않고 베스가 먼지를 털지 않고 에이미가 방에 늘어져 있는 책을 치우지 않아 거실은 지저분해 보였다. 조는 로리랑 강가에서 놀다가 오후 내내 사과나무에 앉아 책을 읽었다. 베스는 인형이 있던 벽장을 뒤지기 시작했다 그러나 절반도 못 끝내고 지쳐버렸다. 어질러진 채 내버려두고 하루 종일 피아노를 쳤다. 에이미는 정원에 앉아 그림을 그렸지만 아무도 그림을 칭찬해주러 오지 않았다. 외로워져서 산책을 갔지만 소나기를 만나 흠뻑 젖은 채 집으로 돌아왔다.

차를 마시면서 모두가 재미있는 날이었다고 얘기했지만 이상하게 길게 느껴지는 날이었다. 메그는 오후 내내 쇼핑을 가서 드레스를 샀다. 집에서 입어보고 마음에 들지 않아 기분이 상했다. 조는 보트를 타러 갔다가 코의 피부가 다 벗겨졌고 책을 너무 많이 읽어 두통

이 있었다. 베스는 4가지의 노래를 한꺼번에 익히려다 보니 헤깔렸다. 에이미는 비를 맞아 다음날 케이티 브라운의 파티에 갈 드레스를 망쳐버려서 기분이 상했다. 그러나 그들은 매우 행복하고 이 실험이 잘 진행되고 있다고 엄마에게 말했다. 마치 부인은 그저 웃고 아무 말도 하지 않았다.

하루가 점점 더 긴 것처럼 느껴졌다. 마치 부인은 한나의 도움을 받아 전처럼 집을 깔끔하게 정리했다. 날씨가 좋지 않았고 딸들의 기분도 좋지 않았다. 메그는 옷을 너무 여러 군데 수선하다가 결국 옷을 망쳐버렸다. 조는 몸도 안 좋고 책 읽기도 지루해졌다. 베스는 피아노를 연주하느라 손가락이 아팠고 자매들의 기분이 나쁘자 덩달아 자신의 기분도 나빠졌다. 에이미는 혼자 그림 그리는 게 지겨워졌고 학교 친구들이 그리웠다. 금요일 밤이 되자 일주일이 거의 끝나서 모두들 기뻤다. 그러나 마치 부인은 이 실험을 계속 하기로 결정했다. 그녀는 한나에게 휴가를 주고 소녀들이 이 실험의 효과를 확실하게 느끼게 했다. 소녀들이 토요일 아

침에 일어났을 때 아침이 준비되어 있지 않았고 부엌에
불이 지펴져 있지 않았고 엄마도 그들을 기다리고 있지
않았다.

메그는 위층에 올라갔다가 곧 내려와서 안도하는 듯
이 보였다. 그녀는 자매들에게 말했다. "엄마가 아프
셔. 약간 피곤하시대. 방에서 하루종이 조용히 지내시
겠대. 그러니 우리끼리 알아서 하라고 하시네."

"좋아. 할 일이 필요했는데." 조가 재빨리 덧붙여 말
했다. 베스와 에이미가 상을 차리는 동안 메그와 조는
아침식사를 준비했다. 차 맛은 쓰고 계란은 태웠으나
마치 부인은 불평하지 않고 감사하며 자신의 접시를 받
았다. 그녀는 다시 방에 들어가 웃었다. " 불쌍한 것들
고생 좀 할 거다. 하지만 좋은 경험이 될 거야." 그녀는
혼잣말했다.

그러나 소녀들은 메그가 요리한 아침에 강하게 불평
했다. 조는 자신이 만들면 저녁은 훨씬 나을 거라고 확
신했다. 그녀는 너무 자신만만해서 로리까지 저녁식사
에 초대했다. 그녀는 위층에 올라가서 엄마에게 감자,

아스파라거스, 양상추와 바닷가재 요리하고 디저트는 딸기와 커피로 하겠다고 말했다.

"나는 신경 쓰지 말고 네가 좋을 대로 하렴. 나는 밖에서 저녁식사 약속이 있어서 신경 쓸 수가 없을 것 같아." 마치 부인이 말했다. "사실 엄마는 살림을 그다지 좋아하지 않아 오늘은 쉬면서 책 읽고 편지 쓰고 친구 방문하면서 즐겁게 보내야겠다."

항상 바쁜 엄마가 아침 일찍 일어나 침대에 누워 보기 한가롭게 책을 읽고 있는 보기 드문 모습을 보니 조는 느낌이 이상했다.

조는 저녁거리를 사기 위해서 장보러 갔다. 그녀는 철 이른 바닷가재, 시든 아스파라거스 그리고 시큼한 포도를 자랑스럽게 사들고 집에 왔다.

조가 장보러 간 사이 마치 부인은 외출했다. 소녀들은 엄마가 나가는 모습을 무기력하게 쳐다보았다. 잠시 후에 노처녀 크로커양이 도착했을 때 그 느낌은 절망으로 변했다. 지난주에 그녀를 저녁식사에 초대한 것을 모두가 잊고 있었다. 크로커 양은 깡마르고 남의 일

에 참견 잘하는 노처녀였다. 소녀들은 그녀를 좋아하
지 않았지만 친절하게 그녀를 대했다.

조는 저녁 식사 요리를 시작했다. 아스파라거스를 한
시간 동안이나 삶아서 딱딱해졌고 빵을 까맣게 태웠
다. 감자는 급하게 요리해서 설익었다. 바닷가재는 그
녀에게 미스터리였다. 그녀는 껍질이 벗겨질 때 까지
망치질을 하고 찔러댔다 예정된 시간 보다 30분 늦게
저녁 준비가 되었고 모두가 자리에 앉았다.

불쌍한 조는 식탁 밑에 숨고 싶었다. 사람들이 맛만
보고 음식을 그대로 남기자 에이미는 낄낄대며 웃었고
메그는 우울해보였고 크로커 양은 입술을 앙 다물었다.
로리는 분위기를 띠우기 위해 혼자 말하고 혼자 웃었
다. 조의 마지막 희망은 딸기와 크림이었다. 그녀는 딸
기에 너무 많은 설탕을 부었고 크림은 진했다. 모두가
디저트에서는 기분이 좋아보였다. 크로커 양이 맨 처
음 디저트를 맛봤다. 그녀는 침울해지더니 재빨리 물
을 마셨다. 조는 로리가 접시를 노려보며 천천히 씹는
것을 보았다. 그러고 나서 에이미는 뛰어 올라 식탁을

뛰쳐나갔다.

"왜 그래?" 조는 떨면서 외쳤다.

"설탕 대신 소금을 넣었고 크림은 시어." 메그가 슬프게 말했다.

조는 신음소리를 냈다. 얼굴이 빨개지더니 로리의 눈과 마주치자 막 울려고 하였다. 로리의 애써 진지한 표정이 웃겨서 조는 웃음을 터뜨렸다. 조는 눈물이 뺨을 타고 흐를 때까지 웃었다. 모두가 웃음을 터뜨렸다.

저녁 식사 후에 그들은 부엌과 집을 청소해야 했다. 마치 부인이 집에 와서 모두가 열심히 일하고 있는 모습을 보았다. "실험에 만족하니, 얘들아 아니면 한주 더 실험해볼까?" 그녀는 딸들이 반갑게 그녀 주위로 모여들자 말했다.

"아뇨!" 딸들은 한 목소리로 외쳤다.

"좋아. 서로서로 돕는 게 훨씬 낫지? 날마다 할 일이 있어야 휴식시간이 더 달콤하다는 것 알겠지?"

"예, 엄마 정말 그래요!" 그들은 외쳤다.

"이 실험을 되풀이 하지 않아도 되어서 기뻐. 극단

으로만 치닫지 마라. 하루의 일정시간은 공부하고 일
정시간은 놀면 매일이 즐겁고 보람 있을 거야. 시간 활
용을 잘해야 시간이 중요하다는 것을 알지."

"기억할게요. 엄마!"

11. 백일몽

따뜻한 9월의 어느 날 로리는 그물침대에 누워 몸을 앞뒤로 흔들거리며 누워있었다.

이웃 집 아이들이 뭘 하는 지 궁금했지만 귀찮아서 알아보러 가기 싫었다. 그는 공부할 마음이 내키지 않았다. 가정교사 브룩 씨는 그의 게으름에 인내심을 잃어가고 있었다. 그는 밤나무의 녹음을 올려다보았다. 그는 자신이 배를 타고 세계를 여행하는 상상을 했다. 옆집에서 목소리가 들리자 그는 공상에서 깨어 마치네 자매들이 나오는 것을 보았다. "도대체 어디를 가는 건

가?" 로리는 생각했다 자세히 보려고 졸린 눈을 뜨면서. 각각은 챙이 넓은 모자를 쓰고 긴 막대기를 들고 있었다. 메그는 쿠션을 가지고 조는 책을 베스는 바구니 에이미는 화첩을 들고 있었다. 모두 정원을 가로질러 조용히 뒷문으로 나갔다.

"소풍가면서 나한테 묻지도 않아! 열쇠가 없으니 보트도 못 탈 텐데. 아마 잊어버렸나보다. 열쇠를 갖다 주면서 뭐하는 지 알아봐야지." 로리가 혼잣말했다.

그가 담을 넘어 그들을 쫓아 뛸 때 그들은 그의 시야에서 사라졌다. 보트 창고로 가는 지름길로 가서 그는 그들이 나타나기를 기다렸지만 아무도 오지 않았다. 그는 언덕에 올라 주위를 둘러보았다. 그는 마치네 자매들이 그늘진 곳에 함께 앉아 있는 것을 보았다. 그는 더 가까이 가서 잡목 사이로 그들을 엿보았다.

그것은 한 폭의 예쁜 그림이었다. 자매들이 옹기종기 앉아있었고 햇빛과 그림자가 그들 위로 너울거리고 바람이 그들의 머리를 날리고 있었다. 메그는 쿠션에 앉아 흰 손으로 바느질을 하고 있었고 베스는 솔방울을 모아 솔방울로 예쁜 작품을 만들고. 에이미는 양치류 식물을 스케치하고 있었고 조는 뜨개질을 하면서 큰소리로 책을 읽었다.

"내가 끼어도 돼? 내가 방해가 되나?" 그는 천천히 그들에게 가면서 물었다.

"물론 끼어도 되지. 너한테 같이 가자고 했어야 되는데 네가 여자애들이 하는 놀이는 관심 없어 하는 줄 알았지." 메그가 말했다.

"너희들이 하는 놀이는 항상 좋아하지. 하지만 누나가 싫어하면 갈게."

"네가 뭔가를 하면 반대할 생각은 없어. 여기서 빈둥대는 건 규칙에 어긋나니까." 메그가 진지하지만 우아하게 대답했다.

"허락만 해주면 뭐라도 할게. 바느질할까, 책 읽을까? 솔방울 모을까? 그림 그릴까? 아니면 다 할까? 난 준비됐어."

"이 이야기나 마저 읽어줘." 조가 그에게 책을 건네며 말했다.

"예, 마님." 로리가 대답했다.

이야기는 길지 않았다. 이야기가 끝나자 그는 한숨 쉬며 말했다. "10년 뒤 우리가 어디 있을까 궁금해. 내가 내 꿈을 말하면 너희들도 너희의 꿈을 말해줄래?"

소녀들은 동의했다.

"나는 원하는 만큼 세상을 구경하고 독일에 정착해서 유명한 음악가가 되고 싶어. 돈 때문에 걱정하기는 싫어. 즐기면서 내가 좋아하는 것을 위해 살고 싶어. 이게 내 꿈이야. 메그 누나의 꿈은 뭐야?"

메그는 자기의 꿈을 말하는 것이 약간 어려운 듯 했지만 천천히 시작했다. "나는 멋진 집을 갖고 싶어. 모든 종류의 화려한 물건, 맛있는 음식, 예쁜 옷들, 멋진 가구, 유쾌한 사람들 로 가득한 집말이야. 여주인이 되어 내가 원하는 대로 관리하고 싶어. 내가 일을 하지 않아도 되게 하인도 많았으면 좋겠어. 얼마나 즐거울까! 그러나 빈둥대지는 않을 거야. 좋은 일을 많이 해서 모든 사람들이 나를 좋아하게 만들 거야."

"누나 꿈에 남편은 없어?" 로리는 짓궂게 물었다.

"내가 '유쾌한 사람들'이라고 말했잖아." 그리고 메그는 말하면서 아무도 그녀의 표정을 못 보게 신발 끈을 묶는 시늉을 했다.

"그냥 멋있고 현명한 남편과 천사 같은 아이들을 갖고 싶다고 말하지 그래? 언니 꿈이 완벽해지려면 가족이 있어야지." 조는 무뚝뚝하게 말했다. 조에게는 여자들이 꿈꾸는 환상은 없었고 책을 빼고는 로맨스 자체를 경멸했다.

"네 꿈에는 말, 잉크병 그리고 소설밖에 없겠지." 메그가 화가 나서 맞받아쳤다.

"그럼! 나는 아라비아산 종마로 마구간을 가득 채울 거고, 서재에는 책이 높이 쌓여 있을 거야. 나는 마법의 잉크병으로 글을 써서 내 작품들은 로리의 음악만큼 유명해질 거야. 나는 부자가 될 거고 유명해질 거야. 그게 나한테 맞지. 이게 내가 바라는 꿈이야."

"내 꿈은 아빠 엄마랑 별 탈 없이 잘 사는 거야. 가족들을 돌보는 것이 내 꿈이야." 베스가 만족스럽게 이야기했다.

"다른 것은 바라지 않아?" 로리가 물었다.

"피아노가 생긴 이후로 모든 것이 만족스러워. 나는 우리 모두가 건강하고 항상 함께 있기만을 바래. 다른 건 없어."

"나는 되고 싶은 게 많아. 그렇지만 가장 바라는 것은 예술가가 되는 것이고 로마에 가서 멋진 그림을 그릴거야. 세계에서 최고 화가가 되고 싶어." 에이미의 겸손한 꿈이었다.

"내게 꿈을 이룰 기회가 올까? 나는 할아버지를 만족시켜 드려야 해. 노력하고 있지만 힘들어. 할아버지는 내가 대학을 졸업해서 할아버지의 선박회사에서 일하기를 바라셔. 선주가 되느니 배가 바닥에 가라앉는 것을 보는 게 낫겠어. 도망가지 않는 한 할아버지가 바라시는 대로 해야 돼. 할아버지와 함께 살 사람만 있다면 나는 내일이라도 도망갈 텐데."

"너희 배중에 하나를 타고 떠나버리지 그래? 하고 싶은 대로 다 해볼 때까지 집에 돌아오지 마." 조가 말했다.

"그건 옳지 않아. 조. 그런 식으로 얘기하면 안 돼. 조의 엉터리 충고를 받아들이면 안 돼. 너는 할아버지가 바라시는 대로 해야지." 엄마 같은 어조로 메그가 말했다. "대학에서 최선을 다해 공부해. 네가 최선을 다하고 있다고 생각하시면 할아버지께서는 너에게 가혹하게 대하거나 이치에 어긋나는 일을 하라고 강요하시지 않을 거야. 할아버지는 가족이 너 밖에 없으니 네가 할아버지 허락 없이 떠난다면 너는 평생 네 자신을 용서하지 못할 거야. 브룩 선생님처럼 네 의무를 충실히 수행하면 너는 남들에게 사랑받고 존경받을 거야."

메그는 얼굴이 약간 붉어졌다.

"가정교사 선생님에 대해서 뭘 아는데?" 대화주제가 자신에서 다른 것으로 바뀌게 되어 기뻐하며 로리가 물었다.

"너희 할아버지께서 우리에게 말해주신대로야. 어머니가 돌아가실 때까지 헌신적으로 어머니를 돌보느라 유명인사의 가정교사로 해외에 나갈 수 있는 기회를 놓쳤대. 지금은 어머니를 간호해주신 분을 모신다던

데? 누구에게도 그 사실을 이야기하지 않고 최선을 다
해 극진히 모신대."

"선생님은 좋은 분이구나!" 로리가 진심을 담아 이
야기했다. "딱 할아버지다운 행동이라니까. 당사자는
모르게 그의 좋은 점을 남들에게 말해서 당사자를 좋아
하게 만드신다니까. 브룩선생님은 왜 너의 어머니께서
그토록 자신에게 친절하신지 이해하지 못할 거야. 선
생님은 그저 어머니가 완벽하신 성격이어서 자신에게
도 친절하다고 생각하셔. 내가 내 뜻대로 할 수 있는 날
이 오면 내가 선생님께 뭘 해드릴지 두고 봐."

"수업을 열심히 듣는 것이 선생님을 돕는 거야. 네
가 선생님의 일을 힘들게 하잖아." 메그가 말했다.

"내가 선생님을 힘들게 하는 지 어떻게 알아?" 로리
가 물었다.

"선생님이 너의 집을 나설 때 얼굴을 보면 알 수 있
지. 네가 열심히 공부하면 그분은 만족스러워 보이고
발걸음도 가벼워 보여. 네가 선생님을 힘들게 하면 그
분은 생각에 잠긴 얼굴이고 마치 다시 돌아가서 더 열

심히 가르치고 싶은 듯이 천천히 걷지."

"선생님이 누나 집 지날 때 창문에 대고 인사하며 웃는 것은 봤는데 내가 어떤지 알려고 선생님의 표정을 살피는 것은 몰랐네." 로리가 말했다.

"제발 아무것도 선생님께 말하지 말아줘." 메그는 다시 얼굴이 붉어졌다.

그날 저녁 로리는 베스가 할아버지를 위해 그랜드 피아노 치는 것을 들었다. 할아버지는 손에 머리를 괴고 그가 부드럽고 간단한 음악을 들으면서 너무나 사랑했던 자식을 생각했다. 로리는 소녀들과 나눈 대화를 기억하고 혼잣말했다. "할아버지에게는 나뿐이니까 내 꿈은 잊고 할아버지와 함께 살아야겠다."

12. 비밀

조는 다락에서 몇 시간동안 글을 쓰고 있었다. 그녀
는 소설 두 편을 마지막으로 퇴고 하고 나서 원고에 그
녀의 이름을 사인했다. 소설을 주머니에 넣고 조용히 모
자를 쓰고 외투를 입은 뒤 뒷문으로 몰래 빠져나왔다.

그녀는 시내 번화가에 나와서 어떤 건물 입구 앞에
서 멈췄다. 잠시 동안 계단을 올려다보고 뒤돌아서 왔
던 길로 되돌아갔다. 다시 되돌아 왔다가 계단을 올려
다보고 다시 되돌아갔다. 그녀는 이 짓을 몇 번째 계속
하고 있었다.

마침 길을 건너던 로리는 조가 마침내 계단을 올라
갈 때까지 흥미롭게 바라보고 있었다. 출입문 위에는
다른 간판 사이에 치과 간판이 있었다. 조와 함께 집에
가기위해서 그는 길을 건너서 이빨 그림이 있는 간판
밑에서 기다렸다 .

10분후에 조는 얼굴이 붉어져서는 뛰어 내려왔다.
조의 기분이 안 좋아 보였다. 고개만 한번 끄덕하고는
그를 지나쳐갔다. 그러나 그는 뒤쫓아 갔다.

"힘들었어?" 로리가 물었다.

"그런 것 아니야." 함께 걸어가면서 그녀는 대답했다.

"왜 혼자 갔어?"

"다른 사람이 아는 게 싫어서."

"내가 아는 사람 중에 네가 제일 특이해. 몇 개 뽑
았어?"

조는 잠시 동안 혼란스러운 듯 보였다. 그리고 그녀
는 크게 웃기 시작했다. "이를 두 개 뽑아야 되는데 다
음 주까지 기다려야 돼."

"뭣 때문에 웃는데? 너 이상하게 행동하는 거 알고

있어?"

"너도 그래. 당구장에서 뭐하고 있었는데?"

"무슨 말 하는 거야? 당구장이 아니라 체육관이야. 그리고 펜싱수업 받고 왔어."

"좋은데."

"왜?"

"나한테 펜싱 가르쳐줄 수 있잖아. 그러면 내가 햄릿 연기할 때, 너는 레어티즈가 되어서 우리는 펜싱 시합하는 장면을 연출할 수 있잖아."

로리가 크게 웃음을 터뜨려서 지나가는 사람들이 자신도 모르게 웃었다.

로리는 몇 분 동안 조용히 걷다가 말했다. "걸어가면서 재미있는 얘기해줄게."

"아주 듣고 싶다. 그게 뭐야?"

"좋아. 있잖아. 이건 비밀인데. 내가 말해주면 너도 나한테 네 비밀 얘기해줘야 해."

"나는 비밀이 없는데." 조가 말했다. 그러나 그녀가 한 일을 기억이 나서 갑자기 멈췄다.

"비밀 있잖아. 너는 아무것도 나한테 숨길 수 없어. 자. 고백해봐. 네가 얘기 안하면 나도 안할래." 로리가 외쳤다.

"글쎄, 네 비밀은 좋은 거야?"

"그래. 그건 네가 아는 사람들에 관한 거야. 흥미진진해. 며칠 동안 너한테 말하고 싶었어. 어서. 네 비밀부터 말해봐."

"신문사 편집자에게 내 소설 두 편을 보냈어. 다음 주에 편집자가 내 소설을 신문에 실을 건지 말해 줄 거야."

"축하해! 곧 유명작가가 되시겠는데!" 로리가 소리쳤다. 그리고 그는 모자를 공중 높이 던져서 받았다.

"조용히 해. 출판이 안 될지도 몰라. 사람들이 실망하지 않게 아무에게도 이야기하고 싶지 않아."

"네 소설은 출판될 거야, 조! 신문사에서 발행하는 쓰레기들보다 네 소설이 훨씬 낫겠다. 신문에서 네 소설을 보면 정말 재미있겠다. 우리 작가님을 아주 자랑스럽게 생각해야지!"

조의 눈은 기쁨으로 빛났다. 친구의 칭찬은 아주 기분 좋게 들렸다.

"자, 이제 네 비밀을 말해봐!" 그녀가 외쳤다.

"나는 메그 누나의 잃어버린 장갑이 어디 있는 지 알아."

"그게 다야?"

"브룩 선생님이 주머니에 가지고 계셔."

"끔찍해!"

"나는 로맨틱한 것 같은데!"

"아니야 끔찍해. 나한테 말하지 말지."

"왜? 나는 네가 기뻐할 줄 알았는데."

"아니, 천만에! 누가 메그 언니를 데려 간다고 생각하기만 하면 끔찍해."

바로 그때 그들은 메그가 길거리를 걸어오는 것을 보았다. 친구 집을 방문하고 오는 길이었기 때문에 숙녀처럼 차려입고 있었다. 언니가 어른처럼 보여서 조의 눈은 눈물로 가득 찼다. 메그 언니는 빨리 여자가 되어가고 있고 로리의 비밀은 언니가 곧 가족을 떠날 거라는 것을 의미했다. 로리는 조가 심난해보여서 재빨리 메그에게 어디 갔다 오는 길이냐고 물었다.

"가이너 씨 댁에 샐리가 벨 모펫 언니의 결혼식에 대해 얘기해줬어. 결혼식이 대단했대! 벨 언니 부부는 겨울을 파리에서 보내려고 떠났대. 생각해봐! 얼마나 좋을까?"

"벨 누나가 부러워, 메그 누나?" 로리가 말했다

"그런 것 같아."

"잘됐네!" 모자 끈을 확 잡아당겨 매면서 조가 중얼거렸다.

"왜?" 메그가 어리둥절해하며 물었다.

"언니는 돈에 관심이 있으니 가난한 사람과는 결혼하지 않을 거니까." 조에게 말조심하라고 조용히 신호를 보내고 있는 로리를 흘겨보면서 조가 말했다.

"나는 아무와도 결혼하지 않을 거야." 메그가 쌀쌀맞게 말하고 우아하게 걸어갔다.

조는 일주일 넘게 이상하게 행동했다. 그녀의 자매들은 어리둥절했다. 그녀는 집배원이 올 때마다 우체

167

통을 확인하러 달려 나갔고 브룩 선생님과 만날 때마다 그에게 무례하게 굴었다. 그녀는 메그를 슬프게 바라보다가 그녀에게 키스했다. 조와 로리는 서로에게 항상 신호를 보냈다. 토요일에 메그는 창밖을 보고 로리가 조를 따라 정원을 달리는 것을 보았다. 그들이 덤불로 사라지고 얼마 후 까무러치게 웃는 소리와 신문을 뒤적이는 소리가 들렸다. 자매들은 대체 조가 왜 저러는지 몰랐다. 몇 분 후에 조는 신문을 가지고 들어와서 아무 일도 없었던 것처럼 읽으려고 누웠다.

"신문에 재미있는 거라도 있어?" 메그가 물었다.

"그냥 소설." 조가 대답했다.

"우리한테 읽어줘. 신문을 읽으면 우리는 재미있고 언니는 가만히 있을 테니까." 에이미는 어른처럼 이야기했다.

자매들은 조가 읽는 이야기를 흥미롭게 들었다. 그것은 로맨틱하면서 대부분의 주인공들이 마지막에 죽는 비극적인 이야기였다.

"멋진 그림이 나오는 부분이 좋았어." 조가 읽기를

끝내자 에이미는 말했다.

"비록 슬프게 끝났지만 로맨틱한 부분이 좋았어." 눈에서 눈물을 닦아내며 메그가 말했다.

"작가가 누구야?" 베스가 물었다.

조는 일어나 앉아 신문을 던지듯 내려놓고 큰 목소리로 대답했다. "너의 언니!"

"너라고?" 메그가 바느질거리를 떨어뜨리며 소리쳤다.

"정말 좋았어!" 에이미가 말했다.

"이럴 줄 알았어! 알았다고!" 베스가 소리쳤다.

모두가 기뻤다. 신문에 조세핀 마치 양 작품이라는 말이 찍혀 있었다. 그들은 신문을 돌려가며 보면서 조에게 질문을 해댔다. 조는 자초지종을 이야기했다. 그녀는 신문사 편집자는 처음 기고하는 작가에게는 돈을 지불하지 않지만 다음 작품에는 지불하겠다고 말했다.

"나는 너무 행복해. 조만간 자립도 하고 가족도 도와야지." 그리고 나서 머리주위에 신문을 두르고 행복에 겨워 소리쳤다.

13. 전보

"11월은 1년 중에 가장 싫은 달이야." 흐린 오후에 창가에 서서 얼어붙은 정원을 쳐다보면서 메그가 말했다.

"그래서 내가 11월에 태어났지." 코에 잉크자국이 묻은 줄도 모르고 조가 말했다.

"즐거운 일이 지금 일어나면, 11월은 가장 즐거운 달이 되지." 모든 것을 긍정적으로 보는 베스가 말했다

"단언하는데 우리 집에 즐거운 일이 일어날 리가 없어. 매일매일 일만하고 재미도 없고. 다람쥐 쳇바퀴 도

는 것 같아." 메그가 말했다.

"내가 내 여주인공에게 하듯이 언니 인생도 만들어 주면 좋을 텐데!" 조가 소리쳤다. "언니는 충분히 예쁘고 착하니까 그건 됐고. 부유한 친척이 언니한테 예기치 못한 재산을 남기는 거지. 그러면 언니는 상속녀고 새롭게 태어나는 거야. 언니를 깔보던 모든 사람들을 깔보고, 해외에 가서 화려하고 우아한 모습으로 돌아오는 거지."

"요즘에는 그런 식으로 부자가 되지 않아. 남자들은 돈을 벌려고 일을 하고 여자들은 부자와 결혼하려하지. 끔찍하게 불공평한 세상이야." 메그는 씁쓸하게 말했다.

"조 언니랑 내가 언니들 모두를 위해 돈을 벌게. 10년만 기다려." 에이미가 말했다.

메그는 한숨 쉬며 얼어붙은 정원 쪽을 돌아보았다 .

다른 쪽 창가에 앉아있던 베스는 웃으면서 말했다. "즐거운 일이 두 가지 일어날 거야. 엄마가 오고계시고 좋은 일이 있는 지 로리 오빠가 쿵쿵거리며 오고 있어 ."

그들이 둘 다 들어오자 마치 부인은 평소대로 질문을 했다. "아빠한테 온 편지 있니?"

로리가 말했다. "마차타고 드라이브 갈사람? 머리가 아플 때까지 수학을 열심히 공부해서 신선한 공기 좀 쐬러 가려고. 조랑 베스, 갈 거지, 그렇지?" "물론 갈 거야. "두 소녀가 대답했다.

날카로운 벨소리에 그들은 이야기를 멈췄다. 잠시 후에 한나가 전보를 가지고 왔다. 마치 부인이 두 줄의 전보를 읽고 백지장처럼 얼굴이 하얘져서 의자에 주저앉았다. 로리는 물을 가지러 아래층으로 뛰어가고 조는 전보를 큰소리로 읽었다.

마치 부인 귀하
부군 위독. 속히 오기바람.

s.헤일
워싱턴 병원

방에 정적이 흘렀다 날은 점점 어두워졌다. 갑자기 세

상이 변한 것 같았다. 소녀들은 엄마를 안고 울었다.
"즉시 가야겠다. 너무 늦은 건 아닌지 모르겠네. 얘들
아 엄마 좀 도와줘!" 몇 분 동안 방안에 들리는 소리는
흐느끼는 소리와 울음 속에 간간히 들리는 속삭임소리
였다.

한나는 눈물을 닦아내고 말했다. "하나님! 주인님을
도와주세요!" 저희가 운다고 해서 주인님을 도울 수는
없습니다!

"맞아요." 마치 부인이 말했다. "로리는 어디 있니?
내일 아침 이른 시간에 즉시 가겠다고 전보를 보냈으면
좋겠는데."

"다른 것은요? 말들은 준비가 되었어요. 어디든 가
서 무슨 일이든 할 수 있어요." 그는 말했다.

"그리고 이 메모를 마치 백모님께 전해드려라." 그
녀는 빨리 메모를 썼다. 조는 여행경비로 쓸 돈을 빌리
려고 하나보다 라고 생각했다. 조는 엄마께 드릴 돈이
있었으면 하고 바랐다. 그리고 나서 마치 부인은 조에
게 음식을 사오라고 심부름 보냈다. 베스는 아빠가 마

실 좋은 와인 두 어병을 얻으러 로렌스 씨에게 갔다. 에이미와 메그는 엄마가 짐 싸는 것을 도왔다.

로렌스 씨는 아빠를 위한 물건들을 가지고 베스와 함께 서둘러 왔다. 그는 마치 부인을 위로하며 소녀들을 보살펴주겠다고 약속했다. 그는 마치 부인을 병원까지 데려다 주겠다고 했지만 마치부인은 할아버지가 그렇게 먼 곳까지 여행하는 것을 원하지 않는다고 말했다. 그러나 로렌스 씨는 마치 부인이 누군가 함께 가주기를 바라는 것을 알 수 있었다. 그는 곧 돌아오겠다고 하며 나갔다.

곧 문에 노크소리가 들렸다. 메그는 엄마를 위해 끓인 차를 들고 문을 열었다. 브룩선생님이었다.

"소식 들었어요. 유감입니다. 마치 양." 그는 이야기했다. 그의 친절하고 조용한 목소리는 고통스러운 마음에 위안처럼 느껴졌다. "당신 어머님을 워싱턴까지 데려다 드리려고 왔습니다. 어머님을 꼭 돕고 싶어요."

"정말 친절하시군요! 엄마가 좋아하실 거예요. 누군가가 돌봐줄 사람이 있다는 걸 알면 큰 위안이 될 거예

요. 감사합니다." 메그는 감사하며 그의 갈색 눈을 올려다보았다. 그녀는 식어버린 차를 기억해내고는 소식을 전하러 뛰어갔다.

로리는 마치 백모님으로부터 편지와 약간의 돈을 받아서 돌아왔다. 그날 오후가 지나가고 있었지만 조는 오지 않았다. 마침내 로리가 조를 찾으러 나갔다. 그가 나간 직후에 조는 집에 돌아왔다. 엄마에게 지폐 한 다발을 주는 조의 목소리는 약간 떨렸다. "이거면 아빠를 모셔오는 데 도움이 될 거예요."

"25달러! 조, 어디서 이 돈을 구했니?"

"제가 가지고 있는 것을 팔았을 뿐이에요." 조가 모자를 벗으면서 말했다. 그녀의 아름다운 길고 숱 많은 머리가 짧아져 있었다. 모든 사람들이 믿기지 않는 듯이 크게 소리쳤다.

"머리카락일 뿐이에요." 조가 말했다. "머리에 지나친 자부심을 가지고 있었는데 차라리 잘됐어요. 미용사가 곧 짧은 컬이 생겨 사내아이처럼 보이고 손질하기 쉬울 거래요. 저는 만족해요. 그러니 제발 돈을 받아주세요. 자 저녁식사 합시다."

"조, 네가 가족에 대한 사랑 때문에 이 일을 한 것을 안다. 하지만 이렇게까지 할 필요는 없었는데. 후회할 거야." 마치 부인이 말했다.

"아니요. 후회 안 해요." 조가 확고하게 말했다. "저는 정말 아빠를 돕고 싶었어요. 이발소를 지나는데 가발 만들 머리카락을 산다는 광고를 봤어요. 그래서 그냥 들어가서 머리를 잘랐어요. 이발사가 아주 친절했어요. 군에 아들이 있대요. 어쨌든 머리는 곧 자랄 거예요. 제 머리 기억하시라고 몇 가닥 얻어왔어요."

마치부인은 조의 머리카락을 쥐고 말했다. "고맙다. 조." 엄마가 심난해보여서 소녀들은 재빨리 브룩 씨의 친절함으로 주제를 돌렸다. 그리고 아빠가 집으로 다시 돌아온다는 것이 얼마나 좋을지 이야기했다.

그날 밤 그들은 아빠가 좋아하는 찬송가를 피아노 반주에 맞춰 불렀다. 한명 한명씩 목이 메였고 나중에는 베스의 연주 소리만 들렸다. 그들은 엄마에게 잘 자라는 키스를 하고 자러갔다. 베스와 에이미는 곧 잠이 들

었지만 메그는 그녀의 짧은 인생에서 가장 심각한 생각을 하면서 잠을 이루지 못하고 있었다. 그녀는 조가 숨죽여 우는 소리를 들을 때까지 조가 잠들었다고 생각했다. 그녀는 여동생의 젖은 뺨을 만졌다. "조, 왜 그래? 아빠 때문에 우는 거야?"

"아니. 지금은 아니야."

"그러면 뭐 때문에 울어?"

"내-내 머리!" 불쌍한 조는 울음을 터뜨렸다.

메그는 조를 껴안고 부드럽게 키스해주었다.

"내가 머리 자른 것은 아무렇지도 않아. 내일이라도 다시 머리 자를 수 있어. 이렇게 바보같이 우는 것은 허영에 찌든 이기적인 내 모습 때문이야. 아무에게도 말하지 마. 다 끝난 일이야. 나는 언니가 잠들었다고 생각했어. 언니는 왜 안자고 깨어있어?"

"즐거운 일을 생각하려고 했어. 그런데 그게 잠을 더 깨우는 거야."

"무슨 생각했는데?"

"잘 생긴 얼굴과 선해 보이는 눈." 메그는 어둠속에

서 미소 지으며 대답했다.

"무슨 색 눈이 제일 좋은데?"

"갈색 눈. 가끔. 푸른 눈도 사랑스럽지."

조는 웃었고 메그는 동생들을 깨우지 말라고 다그쳤
다. 그러고 나서 그녀는 조의 머리를 예쁘게 말아주겠
다고 조에게 약속했다. 그리고 그들은 둘 다 잠이 들었
다.

시계가 자정을 치고 있을 때 마치 부인은 조용히 방
에 들어와서 자고 있는 딸들에게 키스했다. 그녀는 조
용히 기도하고 방을 나왔다.

14. 어두운 나날들

엄마가 떠나고 일주일동안 소녀들은 매우 열심히 일했다. 그들은 아빠가 빠르게 회복하고 있다는 편지를 받았다. 아빠에 대한 걱정을 약간 덜자 소녀들은 약간 게을러졌고 다시 예전으로 돌아갔다.

조는 머리를 짧게 자른 이후에 머리를 충분히 감싸는 것을 소홀히 해서 감기에 심하게 걸렸다. 마치 백모님은 그녀가 코맹맹이 소리를 내면서 책을 읽어주는 것을 좋아하지 않았기 때문에 몸이 좋아질 때가지 집에 있으라고 명령했다. 조는 소파에 누워 책으로 감기 치료를 하는 것이 좋았다. 에이미는 집안일과 예술은 병행 할 수 없다는 것을 알고 찰흙 빚기로 돌아왔다. 메그는 매일 일을 하러 갔다. 집에서는 엄마에게 편지를 쓰는 데 시간을 보내거나 엄마에게서 온 편지를 계속 읽었다. 베스만이 지난 크리스마스에 도왔던 불쌍한 허멜 가족 방문하는 일을 포함해서 하던 일을 충실히 했다.

"메그 언니. 언니도 허멜씨 가족을 보러갔으면 좋겠어. 엄마가 그들을 잊지 말라고 말씀하셨잖아." 마치 부인이 떠난 지 10일이 지나자 베스가 말했다.

"너무 피곤해서 오늘 오후에는 못가겠어" 편안하게 흔들의자에 앉아 바느질을 하면서 메그가 대답했다.

"조 언니는?" 베스가 물었다.

"날씨가 너무 안 좋아. 나 감기 걸렸잖아."

"내 생각에 거의 나은 것 같은데."

"로리랑 놀러갈 정도로는 좋아졌는데 허멜 씨 가족을 방문할 정도로 낫지는 않았어." 조가 약간 부끄러운 듯이 웃으며 대답했다.

"혼자 가지 그래?" 메그가 물었다.

"매일 갔어. 그런데 아기가 아파. 어떻게 할지 모르겠어. 허멜 부인은 일하러 갔고 내 생각에 언니나 한나가 가야할 것 같아."

베스는 진지하게 말했다 메그는 내일 가기로 약속했다.

"한나에게 가져 갈 음식 좀 싸달라고 해, 베스. 공기를 쐬는 게 너에게도 좋을 거야." 조가 미안한 듯이 덧붙이면서 말했다. "나도 갈게 하지만 작품을 마무리 지어야 해서."

"머리가 아프고 피곤하네. 오늘은 언니들이 가 봐." 베스가 말했다.

"에이미가 곧 올 거야. 그러면 에이미가 우리 대신 가보겠지." 메그가 제안했다.

베스는 소파에 누웠고 다른 사람들은 각자 하던 일을 계속했다. 한 시간이 지났지만 에이미는 오지 않았다. 메그는 새 드레스를 입어보러 방으로 갔고 조는 소설에 빠져 있었다. 한나는 부엌 불 앞에서 푹 잠이 들었다. 베스는 모자를 쓰고 불쌍한 아이들을 위해서 바구니를 잡

다한 것으로 채웠다. 그리고 무거운 머리와 눈에 슬픈 표정을 하고 차가운 바깥으로 나갔다. 그녀가 늦게 돌아왔을 때 아무도 그녀가 엄마 방에 들어간 것을 몰랐다.

30분후에 조는 엄마의 옷장에 물건을 가지러 갔다가 약 상자 근처에 베스가 앉아 있는 것을 발견했다. 베스의 눈은 붉게 충혈 되었고 매우 심각해 보였다. 그녀는 조를 가까이 못 오게 하며 말했다. "언니 성홍열 앓았지?"

"몇 년 전에 메그 언니가 앓았을 때 같이 앓았지. 왜?" 조가 대답했다.

"언니!" 베스가 흐느꼈다. "허멜 부인의 아기가 죽었어. 허멜 부인이 집에 오기 전에 내 품에서 죽었어."

"오, 불쌍한 것! 끔찍해라! 내가 갔어야했는데." 조는 베스에게 팔을 두르며 말했다. "무슨 일이 있었는데?"

"허멜 부인이 의사를 부르러 간 사이 내가 아기를 안고 있었지. 아기는 약간 울더니 몸을 떨고 가만히 누워

있는 거야. 아기가 죽었다는 것을 알았어. 의사가 오기 전까지 아기를 가만히 안고 있었어. 의사는 아기가 성홍열로 죽었대. 나보고 집에 곧장 가서 약을 먹어야 한다고 했어. 그래서 약을 먹었는데도 몸이 안 좋아."

"성홍열에 걸린 것 같아." 조가 말했다. "한나를 불러올게. 한나는 병에 대해서 잘 아니까."

"에이미가 나를 못 보게 해. 아직 성홍열을 앓지 않았으니까." 베스가 말했다.

한나가 뱅 선생님을 불렀다. 의사는 베스가 열병을 앓고 있지만 증세는 가볍다고 말했다. 에이미는 마치 백모님 집에 보내졌다. 처음에는 울면서 백모님 댁에 가는 것을 거부했지만 로리가 매일 마차로 드라이브 시켜주겠다고 약속해서 겨우겨우 보냈다.

한나는 마치 부인에게 걱정거리를 안겨주고 싶지 않아 병이 심해지지 않으면 베스의 병을 이야기 하지 않기로 결정했다.

의사가 매일 방문했다. 한나는 훌륭한 간호사였다. 조는 베스의 옆에 하루 종일 함께 있었다. 그러나 베스의 열이 더 심해졌다. 그녀는 피아노를 치듯이 퀼트 이불에 대고 연주하고 언니들의 이름을 다르게 불렀다. 엄마를 계속 찾아서 조는 무서웠다. 메그는 한나에게 엄마에게 편지를 쓰게 해달라고 간청했지만 한나는 아직 베스의 병세가 심각하다고 생각하지 않았다. 워싱턴에서 온 편지는 그들의 시름을 더 깊게 했다. 아빠의 병세가 다시 악화된 것이었다.

암울한 나날이었다. 집은 슬픔에 휩싸였고 죽음의 그림자가 드리워진 것 같았다. 메그는 어느 추운 날 바느질을 하다가 울었다. 사랑, 평화, 건강 등 인생에서 중요한 것들을 자신이 얼마나 많이 가지고 있는지 깨달았다. 아픈 동생이 자신을 돌보지 않고 다른 사람을 돌보는 마음이 얼마나 소중한 지를 깨달았다. 에이미는 슬프고 외로워서 집에 가고 싶었다. 베스 언니를 위해서라면 어떤 힘든 일도 할 수 있을 것 같았다. 로리는 유령처럼 집 주변을 배회했다.

베스는 헛소리를 하며 침대에서 뒤척이다 마치 의식을 잃은 것처럼 깊은 잠에 빠져들었다. 이제 뱅 선생님은 하루에 두 번 왔다. 메그는 전보를 써서 엄마에게 보낼 준비를 했다.

12월 1일은 아주 추운 겨울 날씨였다. 매서운 바람이 불었고 눈이 쉴 새 없이 내렸다. 뱅 선생님은 그날 아침 베스의 뜨거운 손을 잡고 오랫동안 베스의 얼굴을 쳐다보았다. 그는 손을 조심스럽게 내리고 한나에게 조용히 말했다. "마치부인을 불러야 할 것 같아요."

한나는 고개를 끄덕일 뿐 아무 말도 할 수 없었다. 메그는 기력을 잃은 듯 의자에 주저앉았다. 조의 얼굴은 창백해졌고 계단을 뛰어 내려와 전보를 가지고 눈 폭풍 속을 달려 나갔다. 그녀는 곧 돌아왔다. 그녀가 코트를 벗는 동안 로리는 아빠의 병세가 다시 좋아지고 있다고 적힌 편지를 들고 왔다. 조는 감사하며 편지를 읽었지만 마음은 여전히 무거웠다. 로리는 절망에 빠진 조의 얼굴을 보고 재빨리 물었다. "왜 그래? 베스가 안 좋아졌어?"

"의사선생님이 하라고 하셔서 엄마에게 오시라는 전보를 보냈어." 조가 말했다.

"오, 안 돼!" 로리가 소리쳤다. "병세가 그렇게 안 좋아?"

"응, 그래." 조가 말했다. 눈물이 얼굴을 타고 흘렀다. "베스가 우리를 못 알아봐."

조의 흐느낌이 사그라들자 그는 희망적으로 말했다. "나는 베스가 죽을 거라고 생각하지 않아. 베스는 너무나 착한 아이고 우리 모두 그녀를 너무나 사랑하잖아. 신이 그녀를 아직 데려갈 거라고는 생각하지 않아."

"좋은 사람들은 항상 일찍 죽어." 조가 신음소리를 내며 말했다. 그러나 그녀 자신의 의심과 두려움에도 불구하고 로리의 말에 힘이 나서 조는 울음을 멈추었다 .

"잠깐 기다려." 로리가 말했다. 그는 한 번에 두 계단씩 달려 내려가서 와인 한잔을 가지고 활짝 웃으며 돌아왔다. "이거 마시면 좋은 소식 이야기 해줄게."

"뭔데?" 조가 물었다.

"너희 어머니께 어제 전보를 보냈는데 어머니께서 곧장 출발하신다고 브룩 선생님이 답신 주셨어. 오늘밤에 오실거야!"

조는 의자에서 뛰어올라 팔을 로리의 목에 두르고 소리쳤다. "오, 로리! 오, 엄마! 너무 기뻐!" 로리는 전기가 그를 통하는 것 같은 느낌이 들었다. 조는 기쁨에 몸을 떨며 친구를 꽉 안았다. 그는 그녀의 등을 토닥여 주었다. 그는 그녀가 활기를 되찾는 것을 보고 그녀에게 수줍은 키스를 했다. 이 키스가 조를 곧바로 제정신이 들게 했다. 난간을 잡고 그녀는 그를 살짝 밀어냈다. 조는 숨을 헐떡이며 말했다. "껴안을 생각은 아니었는데, 하지만 고마워. 어떻게 된 일인지 말해봐. 나한테 이제 더 이상 와인 주지 마. 술 마시니까 바보가 되잖아."

"나는 좋은데." 그의 넥타이를 바로잡으며 로리가 웃었다. "나는 걱정이 됐어. 할아버지도 그렇고. 그래서 우리는 한나의 의견은 무시하고 전보를 보내기로 했지. 기차가 새벽 두시에 도착해."

조는 좋은 소식을 퍼뜨렸고 한나도 안심이 되었다. 한 줄기 상쾌한 바람이 집에 부는 것 같았다. 방들은 더 밝아졌다. 벽난로의 불은 더 아늑하게 보이고 소녀들은 서로를 보며 행복하게 웃었다. 그들은 껴안고 속삭였다.

196 작은 아씨들

"엄마가 오셔!" 베스를 빼고 모든 사람들이 행복했다. 그녀는 의식 없는 듯이 조용히 누워있었다. 그녀를 보는 것은 끔찍했다. 그녀의 혈색 좋은 얼굴이 창백해지고 훵해졌다. 그녀의 팔은 가늘어지고 단정하고 예뻤던 머리는 베개 위에 거칠고 헝클어진 체 있었다. 그녀는 이따금 깨어서 말라붙어 말을 하기 힘들어 보이는 입술로 중얼거렸다. "물!" 하루 종일 조와 메그는 베스를 바라보고 기도했다. 하루 종일 눈이 내리고 바람이 불었다. 시간이 천천히 흘러갔다. 마침내 밤이 오자 의사가 방문했다. 그는 좋은 쪽으로든 나쁜 쪽으로든 변화가 있을 거라고 말했다. 자정쯤에 다시 오겠다고 했다.

한나는 기진맥진해서 베스 방의 소파에서 잤다. 메그와 조는 기다리고 또 기다리는 동안 무력감에 시달렸다.

"신이 베스를 살려주시면 나는 절대 불평하지 않을 거야." 메그가 속삭였다.

"신이 베스를 살려주시면 나는 평생 신을 사랑하고 섬길 거야." 조가 대답했다.

그 때 시계가 12시를 쳤다. 베스의 얼굴에 변화가 일어나는 듯 보였다. 집은 죽음처럼 정적이 흘렀고 들리는 소리는 울부짖는 듯 한 바람소리뿐이었다. 한 시간이 지나고 아무 일이 일어나지 않았다. 로리는 마치 부인을 데리러 기차역으로 갔다.

2시가 지났다 조는 창가에서 눈 폭풍 속을 보며 밖의 소리를 듣고 있었다. 그러다가 침대 옆에 무릎 꿇고 앉아 얼굴이 보이지 않는 메그를 보았다. 차가운 공포가 조를 훑고 지나갔다. 그녀는 생각했다. "베스가 죽었다. 메그 언니는 나에게 말하기가 두려운 거야."

큰 변화가 베스에게 일어난 것처럼 보였다. 고열과 고통이 사라졌다. 사랑스러운 작은 얼굴이 너무나 창백하고 평화롭게 보여서 조는 울고 싶었다. 그녀는 사랑스런 여동생에게 몸을 숙이고 축축한 이마에 키스하며 속삭였다. "안녕, 나의 베스. 잘 가."

한나는 일어나서 침대로 서둘러 갔다. 그녀는 베스를 보고 손을 만져보고 숨소리를 들었다. "열이 사라졌어요. 이제 편하게 자고 있어요. 피부가 촉촉하고 쉽게 숨을 쉬고 있어! 하나님 감사합니다!"

그때 의사가 도착해서 베스가 좋아지고 있다고 확인시켜주었다. 메그와 조는 서로를 꼭 잡고 너무 행복해서 말을 할 수가 없었다. 그때 한나가 그들에게 키스하고 그들을 껴안았다. 그들은 베스가 평소 습관대로 한 손을 뺨에 대고 누워있는 것을 보았다. 핼쑥함은 사라지고 이제 그녀는 잠이 든 것처럼 조용히 숨을 쉬고 있었다.

"엄마가 지금 오시면 좋겠다!" 날이 밝기 시작하자 조가 말했다. 메그와 조가 여태껏 본 것 중에 가장 아름다운 일출이었다. 눈 쌓인 거리가 아름다워 보였다.

"요정의 세상 같아." 메그가 눈부신 광경에 웃으며 말했다.

"들어봐!" 조가 말했다.

아래층 문 벨소리가 들렸다 한나의 외침소리가 들리고 나지막한 로리의 목소리가 들렸다. "메그 누나, 조! 어머니 오셨어!"

15. 에이미의 유언장

그동안 에이미는 마치 백모님 댁에서 힘든 시간을 보내고 있었다. 그녀는 인생에서 처음으로 자신이 얼마나 사랑받고 있는지 깨달았다. 마치 백모님은 누구도 예뻐한 적이 없었다. 예의바른 에이미가 그녀를 매우 많이 기쁘게 해서 마음속에서는 예뻐 해주려 했지만 이 노부인은 엄격한 규율을 신봉했다. 그녀는 에이미에게 그녀가 60년 전에 배운 방식으로 똑같이 가르쳤다.

불쌍한 에이미는 거미줄에 갇힌 것처럼 느꼈다. 그녀는 매일 창문을 닦아야했고 모든 은제품을 광내고 먼지한 점까지 남김없이 털었다. 그 외에도 백모님을 위해 많은 일들을 했다. 가장 최악의 일은 말하는 앵무새 폴리를 먹이고 푸들 빗질해주는 일 등 동물을 돌보는 일이었다. 힘든 일이 끝나면 공부를 해야 하고 한 시간의 운동이나 노는 것이 허락되었다.

로리의 방문이 하루 중 최고로 신나는 시간이었다. 그들은 나가서 걷거나 승마를 하고 항상 즐겁게 놀았다. 점심식사 후에 에이미는 큰소리로 책을 잃고 백모님이 주무시는 동안 얌전히 앉아 있어야했다. 백모님은 첫 페이지를 읽는 중에 잠들어서 한 시간 동안 낮잠을 잤다. 저녁시간은 최악이었다. 마치 백모님은 자신의 젊은 시절 이야기를 오래도록 하곤 했다. 이야기가 지루해서 에이미는 베스 때문에도 그랬지만 자신의 가혹한 운명 때문에 울고 싶었다. 그러나 자러 가면 그녀는 항상 눈물한 두 방울 짜 낼 겨를도 없이 잠이 들었다.

로리와 하녀 에스더가 없었다면 그녀는 이 혹독한 시간을 견딜 수 없었을 것이다. 에스더는 프랑스여자로 백모님을 마담이라고 불렀는데 오랜 시간을 백모님과 함께 지냈다. 그녀의 실제 이름은 에스텔 이었는데 백모님이 이름을 에스더로 바꾸라고 하셔서 이름을 바꾸었다. 에스더는 종교는 바꾸지 않겠다는 조건으로 명령에 따랐다. 에스더는 마드모아젤 에이미를 좋아해서 백모님의 레이스를 다림질할 때 프랑스에 살던 시절 이야기로 에이미를 즐겁게 해주었다. 그녀는 에이미가 대저택을 돌아다니며 큰 옷장과 오래된 궤짝에서 진귀하고 아름다운 것들을 볼 수 있도록 허락했다. 에이미가 제일 좋아한 것은 서랍과 정리함으로 가득한 인도에서 온 장식장이었다. 그 안에는 모든 종류의 골동품 장신구들이 보관되어 있었다. 이런 물건들을 자세히 살펴보고 정리하는 것은 에이미에게 큰 기쁨을 주었다.

"백모님이 유언장 작성 하실 때 마드모아젤은 뭘 고를 거예요?" 에스더가 물었다 항상 에이미 옆에서 지켜보다가 귀중품에 자물쇠를 채웠다.

"다이아몬드가 제일 좋아요. 하지만 목걸이가 없네요. 저는 목걸이가 좋아요. 저는 이것을 고를래요." 에이미는 찬탄의 눈빛으로 금과 흑단 구슬이 꿰어져 있고 묵직한 십자가가 달린 목걸이를 보면서 대답했다. "마치 백모님이 돌아가시면 이 예쁜 것들이 전부 어디로 가는지 알고 싶어요." 그녀는 천천히 빛나는 목걸이를 제자리에 가져다 두고 보석상자들을 하나하나씩 닫으면서 덧붙였다.

"아가씨와 아가씨의 언니들에게요. 마담이 저에게 털어놓았거든요. 저는 또한 백모님의 유언장도 보았답니다." 에스더가 웃으며 속삭였다.

"정말 좋아요! 하지만 지금 주시면 좋겠어요. 기다리기 싫어요." 다이아몬드에 마지막 눈길을 보내며 에이미가 말했다.

"이런 보석을 젊은 아가씨가 차기에는 아직 일러요. 가장 먼저 약혼하게 되는 사람이 진주를 가질 거예요. 부인이 말씀하셨어요. 아가씨가 갈 때 이 터키석 반지를 주실 거예요. 부인은 아가씨의 착한 행실과 예의범절을 칭찬하시거든요."

"그렇게 생각하세요? 저 반지를 가질 수만 있다면 잘해야겠네! 키티 브라이언트의 반지보다 훨씬 예뻐요.

어쨌든 마치 백모님이 좋아요." 그리고 에이미는 밝은 얼굴로 파란색 반지를 껴보았다. 그리고 반지를 얻겠다는 굳은 다짐을 했다.

그날부터 그녀는 복종의 표본이 되었다. 노부인은 자신의 훈련이 성공했다며 만족해했다. 에이미는 고생을 잊으려고 노력했다. 명랑하려고 노력했고 아무도 보거나 칭찬하지 않아도 자신이 해야 할 일을 했다. 착한 소녀가 되기 위한 노력의 하나로 마치 백모님이 작성하신 것처럼 유언장을 만들기로 결심했다. 그러면 그녀가 병에 걸리거나 죽으면 자신의 물건이 공정하고 관대하게 나눠질 수 있을 것이다. 노부인의 보석만큼이나 그녀의 눈에는 소중한 작은 보물들을 포기하려니 마음이 아팠다.

에이미는 노는 시간에 에스더의 도움을 받아 유언장을 썼다. 성격 좋은 프랑스 여자는 그녀의 이름을 사인해 주었다. 에이미는 유언장을 두 번째 증인으로 삼고 싶은 로리에게 보여주고 싶었다.

비가 오는 날이었다. 그녀는 옷으로 가득한 옷장이 있

는 큰 침실에서 놀고 있었다. 그녀는 친구삼아 앵무새 폴리를 데리고 갔다. 에이미는 옛날 옷을 입어 보는 것을 좋아했다. 에이미는 큰 거울 앞에서 우아하게 걷다가 옛날방식으로 무릎 굽혀 인사했다. 그녀는 이날 놀이에 심취해 있어서 로리가 오는 소리도 못 듣고 로리가방을 훔쳐보는 것도 보지 못했다. 그녀는 핑크색 터번을 쓴 머리를 젖히고 부채질하면서 주의 깊게 높은 굽구두를 신고 왔다 갔다 하며 걸었다. 폴리는 그녀를 따라 머리를 까딱까딱 움직이며 걷다가 가끔씩 멈춰서는소리쳤다. "아름다워 보이십니다. 나에게서 떨어져라.키스해줘요. 하하!"

로리는 여왕폐하를 화나게 하고 싶지 않아서 웃음을참았다. 그는 문을 두드리고 에이미는 그를 우아하게 맞았다.

"이제 준비가 됐어." 에이미가 옷장을 닫고 주머니에서 종이 한 장을 꺼내며 말했다. "오빠가 이것 좀 읽어줘. 이것이 법적이고 제대로 된 것인지 얘기해줘. 인생은 불확실하고 내가 죽은 뒤 갈등이 생기는 것을 원하

지 않으니 유언장을 작성해야 할 것 같아."

로리는 웃지 않으려고 입술을 깨물고 아주 진지한 유
언장을 읽었다.

나의 유언장

나, 에이미 마치는 심신이 온전한 상태에서 다음의 재
산을 준다.

1. 아빠에게는 내가 그린 최고의 그림들, 스케치들,
   지도들, 예술 작품을 액자를 포함해서 드린다. 또
   한 내가 가진 100불을 드린다. 마음대로 쓰셔도 된
   다.

2. 엄마에게는 주머니가 있는 파란색 앞치마를 제외
   하고 나의 모든 옷을 드린다. 또한 나의 그림과 메
   달을 사랑을 담아 드린다.

3. 마가렛 언니에게는 나의 터키석 반지(내가 받으면)
   와 비둘기 조각이 있는 초록색 상자와 막내 여동생
   을 추억하는 물건으로 메그 언니를 그린 스케치를
   드린다.

4. 조 언니에게는 밀납으로 붙이 가슴에 다는 장식 핀과 청동 잉크받침대(언니가 뚜껑은 잊어버림)_ 그리고 전에 원고 태운 것에 대한 사과로 가장 소중한 석고 토끼를 준다.

5. 베스언니에게는 (내가 죽은 뒤에도 살아있다면) 나의 인형과 작은 화장대, 부채 그리고 언니가 다 나으면 살이 빠져서 신을 수 있을지 모르지만 새 실내화를 남긴다. 그리고 이에 덧붙여 전에 언니의 인형 조안나를 놀린 것에 대한 나의 사과를 표한다.

6. 나의 친구이자 이웃인 테오도어 로렌스 오빠에게 나는 나의 화첩과 목이 없다고 놀린 나의 진흙 말, 힘든 시절에 그가 보여준 친절에 대한 보답으로 그가 좋아하는 내 미술 작품 중 하나를 준다. 내 생각에 노트르담이 가장 낫다.

7. 존경하는 로렌스 씨에 그의 펜에 잘 어울리는 뚜껑에 거울이 달린 보라색 상자를 드린다. 우리 가족 특히 베스언니에게 호의를 베풀어준 것에 감사하

는 에이미를 기억하게 하는 데 도움이 되었으면 한
다.

8. 내 친한 친구 키티 브라이언트는 파란색 실크 앞치
마와 금색 구슬 반지를 가지기를 바란다.

9. 한나에게 나는 그녀가 좋아하던 종이 상자와 나를
기억하기를 바라는 마음에서 조각보 전부를 드린다.

그리고 이제 나의 귀중품을 나눠드렸으니 모두가 만
족하고 죽은 사람을 탓하지 않으셨으면 한다. 나는 모
든 사람을 용서하고 우리가 천국에서 만나리라고 믿는
다. 아멘.

1861년 11월 20일 유언장에 서명하고 봉인한다.

에이미 마치

증인:

에스텔 발너

테오도르 로렌스

로리의 이름은 연필로 쓰여 있었다. 에이미는 그가 잉

크로 다시 쓰고 그녀를 위해 봉인해 줘야한다고 말했다.

"어떻게 이런 생각을 한거야? 베스가 자기 물건을 나눠줬다는 얘기를 누구한테 들은 거야?" 로리가 진지하게 물었다.

그녀는 걱정이 되어서 물었다. "베스언니가 왜?"

"괜한 말을 했네. 얘기가 나온 김에 말해줄게. 베스가 하루는 너무 아파서 그녀의 피아노는 메그에게 고양이는 너에게 인형은 조에게 주고 싶다고 말했대. 그녀는 줄게 너무 없다고 미안해서 머리카락을 우리에게 남겼어. 그리고 그녀의 각별한 사랑을 할아버지에게 전했지. 베스는 유언장은 생각도 못했어."

에이미의 얼굴은 심란했지만 그녀는 말했다. "사람들이 유언장에 추신 쓰지 않아? 가끔"

"그래 유언 보충서 라고 부르지."

"내거에도 하나 해줘. 내 머리카락을 잘라서 친구들에게 나눠주라고 써줘. 잊어버렸네. 내 미모가 망가지지만 그래도 해야지."

로리는 에이미의 최고의 희생에 웃으며 그 내용을 추

가했다. 그러나 그가 가려고 일어서자 에이미는 떨리는
목소리로 속삭이면서 그를 붙잡았다.

"베스언니가 정말 위험해?"

"그런 것 같아 하지만 최선을 빌어야지. 그러니 울
지 마." 로리는 오빠같이 에이미를 안아주었다.

그가 떠나자 에이미는 착한 언니를 잃으면 터키석 반
지가 백만 개가 있어도 자신을 위로하지 못할 거라고 느
끼면서 울면서 아픈 마음으로 간절히 기도했다.

16. 비밀

베스가 긴 잠에서 깨어났을 때 그녀가 처음으로 본 것은 엄마의 얼굴이었다. 그녀는 힘없이 웃었고 엄마의 품속을 파고들었다. 그러고 나서 그녀는 엄마의 손을 잡고 다시 잠이 들었다. 엄마가 베스의 마른 손을 놓지 않으려 해서 메그와 조는 식사 때마다 엄마를 먹여드려야 했다. 한입씩 먹는 중간에 아빠의 상태, 브룩 선생님이 머물면서 간호하겠다는 약속, 폭풍우로 집으로 오는 여행길이 늦어진 것, 피로, 걱정, 추위로 녹초가 된 그녀가 낙관적인 로리의 얼굴을 보고 느꼈던 말할 수 없는 안도감 등 그동안 밀린 이야기를 했다.

집은 안도감과 행복감으로 가득 찼지만 집안에 모든 사람들이 꽤 지쳐있었기 때문에 곧 조용해졌다. 그들은 깊고 만족스러운 잠에 빠졌고 그날 저녁에 얼굴에 미소를 띠며 일어났다. 조는 기분이 나쁜 것처럼 보였다.

"무슨 일이니?" 마치 부인이 그들 둘이 베스의 침실에 남겨지자 조용히 물었다.

"메그 언니에 관한 거예요. 지난여름 메그 언니가 로렌스 씨네 가서 장갑 한 짝을 두고 왔는데 한 짝만 찾았거든요. 로리가 부룩선생님이 장갑을 가지고 있다고 말하기 전까지 우리는 그 일을 잊고 있었어요. 장갑을 보고 그는 주머니에 보관하고 있었어요. 로리는 선생님이 메그 언니의 장갑을 가지고 있다고 놀렸고 선생님은 메그 언니를 좋아한다고 고백했어요. 하지만 언니는 너무 어리고 자기는 너무 가난해서 감히 고백할 수가 없대요. 정말 끔찍하지 않나요?"

"메그도 그 분을 좋아하는 것 같니?" 마치 부인이 걱정스러운 표정으로 물었다.

"저는 몰라요!" 조가 외쳤다. "저는 사랑 같은 그런 엉터리 감정을 몰라요. 소설 속에서 여자들은 얼굴을 붉히고 기절하고 바보처럼 행동해요. 메그 언니는 그런 부류의 여자들이랑은 달라요. 언니는 지각 있는 사람이라구요. 제가 브룩 선생님에 대해 이야기하면 아무렇지도 않은 듯 제 얼굴을 똑바로 잘 쳐다보구요. 로리가 연인들에 대한 농담을 하면 약간 얼굴이 붉어질 뿐 이예요."

"그러면, 너는 메기가 존을 좋아하지 않는 다고 생각하니?"

"누구요?" 조가 소리쳤다.

"브룩 씨말이야. 나는 이제 그 분을 존이라고 불러. 병원해서 아주 친해졌거든."

"어머! 엄마도 그 분 편이군요. 아버지에게 잘 하겠죠. 엄마가 메그 언니랑 그분의 결혼을 허락할 테니까요."

"조, 화내지마. 자초지종을 너에게 얘기해줄게. 존은 로렌스 씨의 부탁을 받고 나와 함께 갔어. 불쌍한 너

희 아버지에게 헌신적이어서 그를 좋아하지 않을 수 없었어. 그는 메그에 대해서 아주 솔직했는데 그는 우리에게 메그를 사랑한다고 말했어. 청혼하기 전까지 안락한 집을 얻을 거라고 하더구나. 그는 정말로 뛰어난 청년이야. 나는 메그가 너무 어린 나이에 약혼하는 것은 반대하지만 존이 돌아오면 그 둘을 함께 보고 싶구나. 그러면 나는 메그가 그를 어떻게 생각하는 지 판단할 수 있겠지."

"언니는 항상 얘기하던 그 갈색 눈을 보고 여린 마음이 녹아내릴 거예요. 언니는 사랑에 빠지겠죠. 그러면 우리 행복한 시간은 끝이에요. 맙소사! 난 언니가 너무 그리워서 가슴이 찢어질 거예요!"

"조, 여자가 결혼해서 집을 떠나는 것은 올바른 일이고 당연한 거란다. 내 걱정은 메그가 너무 어리다는 거야. 하지만 메그와 존이 정말로 서로를 사랑한다면 메그가 스무 살이 될 때까지 기다릴 수 있겠지. 메그가 잘 살았으면 좋겠다."

"엄마는 언니가 부자와 결혼하는 것을 바라지 않으

세요?" 마지막 말에서 엄마의 목소리가 약간 떨리는 것을 듣고 조가 물었다.

"돈은 좋고 유용하지. 하지만 나는 여자들이 돈에 너무 많이 흔들리지 않았으면 해. 나는 메그는 시작은 초라하게 해도 행복하게 잘 살거야. 내가 잘못 생각한 것이 아니라면 남편에게 사랑받는 마음 부자는 되겠지. 그것이 재산 보다 훨씬 낫다."

"이해해요. 엄마. 동의해요. 하지만 저는 메그 언니한테 실망했어요. 저는 언니를 로리와 결혼하게 해서 평생 잘 살 게 하려는 계획을 세웠거든요. 멋지지 않아요?" 조는 조금 밝아진 얼굴로 물었다.

"로리는 메그보다 어리잖아. 그는 메그에 비해 아직 어리단다. 언니 계획은 세우지 마라, 조. 시간과 언니의 마음이 결정하게 내버려두자꾸나. 우리는 그런 일에 참견할 수 없단다."

"뭘 끼어들 수 없다는 거예요?" 아빠에게 쓴 편지를 가지고 방에 들어오면서 메그가 물었다.

"그냥 실없는 말이야. 자러갈게." 조가 말했다.

"존에게 내 안부를 전한다는 말도 써줄래?" 마치 부인이 말했다.

"그분을 존이라고 부르세요?" 메그가 아무것도 모르는 천진한 눈으로 엄마를 내려다보며웃으면서 물었다 .

"그래. 존은 우리에게 아들과 같단다. 우리는 그를 아주 좋아한단다." 메그를 자세히 쳐다보면서 마치 부인이 대답했다.

"그 소리를 들으니 기쁘네요. 그 분은 너무 외롭거든요. 안녕히 주무세요, 엄마. 엄마가 오시니 너무 좋아요." 메그가 대답했다.

엄마가 메그에게 해준 키스는 매우 부드러웠다. 마치 부인은 흡족함과 섭섭함이 뒤섞인 마음으로 생각했다.

"메그는 아직 존을 사랑하지 않는구나 하지만 곧 사랑하게 되겠지."

17. 장난꾸러기 로리, 중재자 조

조는 브룩선생님에 대한 비밀을 숨기기가 힘이 들었
다. 메그와 로리는 조가 이상하게 행동하는 것을 보았
다. 메그는 조가 말할 준비가 될 때까지 기다리기로 결
심했다. 그러나 로리는 그 수수께끼를 즉시 풀고 싶었
다. 그는 귀찮게 조르고 뇌물을 주고 위협하고 호통 치
기도 했다. 그녀에게 모든 것을 알고 있다고 말하며 그
는 신경 안 쓰는 척 했다. 결국 그는 메그와 브룩 선생님
이 연관된 것임을 알고 흡족해했다. 그의 가정교사가 자
신에게 말해주지 않은 것에 로리는 화가 났다 . 그래서

그는 복수하기로 다짐했다

메그는 겉보기에는 그 일은 잊고 아버지의 귀향 준비에 몰두했다. 그러나 갑자기 그녀는 딴 사람처럼 변했다. 그녀는 누가 말을 걸면 깜짝 놀랐다. 누가 쳐다보면 얼굴을 붉히고 조용히 앉아서 심각한 표정으로 바느질만 했다. 조는 메그가 사랑에 빠졌다고 확신했다.

며칠 뒤에 메그는 편지를 받았다. 그녀의 얼굴이 갑자기 파랗게 질리더니 소리쳤다. "뭔가 잘못됐어. 그 분이 보낸 게 아니야. 조, 어떻게 그럴 수 있니?" 그녀는 울면서 손에 얼굴을 파묻었다.

"내가? 나는 아무 짓도 안했어! 무슨 이야기를 하는 거야? 조가 당황해서 소리쳤다.

메그의 온화한 눈이 분노로 이글거렸다. 그녀가 주머니에서 구겨진 편지를 꺼내 조에게 던지며 말했다. "네가 썼잖아. 그리고 로리가가 너를 도왔고. 어떻게 그렇게 무례하고 비열할 수가 있니? 우리 둘에게 그렇게 잔인할 수 있니?"

조는 엄마와 함께 편지를 읽느라 언니의 말을 거의 듣

지 않았다.

친애하는 메그에게

나의 열정을 더 이상 숨길수가 없어 내가 돌아오기 전에 당신이 나를 사랑하는지 알아야 겠어요. 당신 부모님께 아직 물어보지는 않았지만 그분들이 우리가 서로 사랑한 다는 것을 알면 우리 결혼을 허락해줄 거라고 생각하오. 로렌스 씨는 내가 좋은 일자리를 찾는 것을 도와주실 거예요. 그렇게 되면, 내 사랑, 우리는 결혼할 수 있어요. 가족들에게는 아무 말 하지 말고 나에게 답장을 보내줘요.

당신의 존

"오, 로리, 악당 같으니! 가서 혼내줄게. 데려와서 사과하게 만들 거야." 조가 소리쳤다.

그러나 그녀의 엄마는 조를 막으며 말했다. "그만둬라, 조. 먼저 너의 결백을 입증해야지. 네가 예전에 장난을 많이 했으니 나는 너도 이 일에 연관이 있다고 의심

225

이 되는데."

"맹세코 저는 아니에요! 저 편지를 본적도 없고 아
무것도 몰라요." 조가 너무 진지하게 얘기해서 모두들
그녀를 믿었다.

"로리의 필체야." 편지를 손에 들고 있던 편지와 비
교해보며 메그가 말했다.

"메그, 답장한 것 아니지, 그렇지?" 마치 부인이 소리쳤다.

"아뇨. 했어요!" 메그가 부끄러움에 몸 둘 바를 몰라 고개를 숙였다.

"메그, 무슨 일인지 자세히 얘기해봐." 마치부인이 조가 로리를 데리러 달려 나가지 못하게 조를 붙잡으면서 메그 옆에 앉아 채근했다.

"첫 번째 편지는 로리를 통해 받았어요." 메그가 고개를 들지 않고 이야기를 시작했다. "저는 걱정됐어요. 처음에는 말할 생각이었는데 엄마가 브룩 씨를 좋게 생각하니까 크게 문제 될 일이 아니라고 생각했어요. 제가 며칠 비밀을 간직하고 있었어요. 바보같이 아무도 모를 거라고 생각했어요. 무슨 말을 할 지 결정하는 동안 소설 속에 주인공처럼 느껴지는 거예요. 용서해 주세요. 엄마. 이제 제 어리석음의 대가를 치르고 있으니까요. 다시는 그분 얼굴을 못 볼 것 같아요."

"편지에 뭐라고 썼는데?" 마치 부인이 물었다.

"저는 아직 결혼을 하기에는 제가 너무 어리다고 그

리고 비밀을 갖는 것을 바라지 않고 부모님께 말씀드려야 한다고 썼어요. 친구는 되겠지만 그 이상은 될 수 없다고 했어요."

마치 부인은 미소 지었고 조는 손뼉을 치며 웃었다. "계속해봐 언니. 그분이 뭐라고 답했어?" 조가 물었다.

"오늘 편지에서는 연애편지를 보낸 적이 없다면서 말하면서 장난꾸러기 동생 조가 못된 장난을 쳐서 유감이라고 전혀 다른 말을 하는 거예요. 친절하고 정중한 편지지만 매우 당황스럽네요!"

조는 두 개의 편지를 집어 들고 자세히 쳐다보았다. "이 편지 둘 다 브룩 씨가 쓴 게 아니야. 로리가 둘 다 쓴 거야. 내가 비밀을 얘기하지 않았다고 이런 짓을 한 거야."

"무슨 비밀?" 메그가 물었다.

"조, 네가 가서 로리를 데려오는 동안 메그를 진정시킬게." 마치 부인이 말했다. "정확히 무슨 일이 일어났는지 알아야겠다. 이런 장난을 못하게 해야지."

조는 달려 나갔다. 마치부인은 브룩 씨의 진짜 감정

을 자상하게 이야기 해주었다. "자, 아가, 너의 감정은 어떠니? 너도 그가 너를 위해 집을 장만할 때까지 기다릴 수 있을 정도로 그를 사랑하니? 아니면 지금은 그냥 자유롭게 지내고 싶니?"

"저는 이번에 너무 겁먹고 걱정해서 당분간은 연애로 신경 쓰고 싶지 않아요. 아마 영원히." 메그가 대답했다. "존이 이번 사건에 대해서 아무것도 모르면 이야기 하지 말아주세요. 조와 로리에게 입단속 시켜 주시구요. 바보취급 당하고 싶지 않아요. 끔찍해요!"

메그는 매우 화가 났고 자존심에 상처를 입었다. 마치 부인은 이 사건을 완전히 비밀에 붙여서 존이 이 사건에 대해서 절대 모르게 하겠다는 약속을 했다. 로리의 발자국소리가 복도에 들리자마자 메그는 서재로 달려 들어갔다 .마치 부인은 그와 조용히 이야기했다. 조는 로리에게 무슨 일 인지 이야기 하지 않았지만 그가 마치부인의 얼굴을 보는 순간 알았다. 그의 죄책감 가득한 얼굴을 봐도 그가 범인임이 분명해졌다. 거실에서 엄마와 로리의 목소리가 들렸다 안 들렸다 하기를 30분여 마침내 소녀들이 불려왔다.

로리는 엄마 옆에 서있었다. 너무나 미안한 얼굴을 하고 있어서 조는 그를 즉시 용서했다. 하지만 이를 겉으로 드러내지 않기로 마음먹었다. 메그는 그의 진실된 사과를 받아들였고 브룩선생님이 그 사건에 대해서는 아무것도 모른다는 사실에 안도했다.

"죽는 날까지 절대 브룩선생님께 말씀드리지 않을게. 메그 누나 제발 용서해줘." 로리가 말했다.

"노력할게. 하지만 이 행동은 전혀 신사답지 못했어. 나는 네가 비열하고 못됐다고 생각하지 않아, 로리." 메그가 당황함은 숨기고 진지하게 하려고 노력하면서 대답했다.

"끔직한 잘못이야. 나는 말할 자격이 없어. 그래도 나랑 말 할 거지 그렇지?" 로리는 너무 비참해보여서 그에게 화를 내는 것이 불가능해보였다.

메그는 그를 용서했고 마치 부인의 심각한 얼굴도 평온을 되찾았다. 조는 멀찍이 떨어져서 마음을 모질게 먹으려고 노력했다. 로리는 그녀를 한두 번 쳐다보았지만 조는 그를 용서하는 기미를 보이지 않았다. 그는 상처를 받았다. 그는 조에게 등을 돌리고 다른 사람에게 고개 숙여 인사하고 말 한마디 없이 방을 나갔다.

그가 가자마자 조는 좀 더 로리 편을 들어줄 걸 하고 후회했다. 잠시 후에 조는 돌려줄 책을 들고 로리네 집으로 갔다.

"로렌스 씨 계세요?" 조가 아래층으로 내려오고 있는 하녀에게 물었다.

"예, 하지만 주인님이 아가씨를 만나실 거라고 생각하지 않는데요."

"왜요? 아픈가요?"

"아니요. 로리 도련님과 다투셨어요. 로렌스 씨가 많이 화가 나셨어요."

"로리는 어디 있어요?"

"방에 틀어박혀있어요. 문을 두드려도 대답을 안 해요. 저녁식사는 준비되었는데 먹을 사람이 없네요."

"제가 가서 무슨 일인지 볼게요. 저는 그들 둘 다 무섭지가 않거든요."

조는 위층으로 올라가서 로리의 방문을 두드렸다.

"그만해! 자꾸 그러면 가만히 안 둘 거야!" 로리가 화가 나서 소리쳤다.

조는 즉시 다시 노크했다. 문이 활짝 열렸고 조는 놀란 로리가 정신을 차리기 전에 방안으로 들어갔다. 로리가 정말로 화가 났다는 것을 알고 조는 웃긴 표정을 지으며 무릎을 꿇고 말했다. "제발 용서해줘. 사과하러 왔어. 용서해 줄때까지 안 갈 거야."

"괜찮아. 일어나 조." 로리가 웃으며 말했다.

"고마워. 무슨 일이야?"

"할아버지가 나를 붙잡고 흔들었어." 로리가 으르렁거렸다. "할아버지가 아니라 다른 사람이었으면 그냥……." 그리고 그는 주먹을 쥐고 오른쪽 팔을 휘둘렀다.

"할아버지가 왜 너를 그렇게 하셨는데?"

"너희 어머니가 왜 나를 부르셨는지 말씀 안 드린다고 화를 내셨어. 말하지 않기로 약속했잖아 물론 나는 내 약속을 깨지 않을 거야. 말을 하면 메그 누나까지 끌어들이게 되잖아. 그래서 나는 아무 말도 하지 않고 할아버지가 나를 혼내시는 것을 듣고만 있었어. 갑자기 할아버지가 나를 잡고 흔들어서 내가 할아버지를 잡고 싸울까봐 도망쳐 버렸어."

"내려가서 할아버지랑 화해해. 내가 도와줄게."

"싫어. 메그 누나한테는 미안해서 남자답게 용서해 달라고 빌었어. 하지만 내가 잘못한 것도 없는 데 사과하기는 싫어."

"그럼 문제를 어떻게 해결하려고 하는데?" 조가 한숨 쉬었다.

"글쎄, 할아버지가 사과하셔야지. 내가 무슨 일인지 말할 수 없다고 말씀드리면 믿으셨어야했어. 할아버지가 사과하실 때까지 내려가지 않을 거야."

"여기 영원히 있을 수는 없어!"

"여기 있을 생각 없어. 나는 워싱턴으로 가서 브룩 선생님을 보러 갈 거야. 거기 재미있잖아. 재미있게 놀아야지. 너도 같이 가서 아버지를 놀래켜 드리자. 같이 가자 조. 우리는 무사하니 걱정 말라는 편지를 써 놓고

같이 떠나자. 난 돈이 있어, 너도 아버지 만날 수 있어 좋잖아."

잠시 동안 마음이 흔들렸다. 그녀는 일과 걱정이 지겨웠고 변화가 필요했다. 그러나 그녀의 눈이 맞은편 오래된 집으로 향하자 그녀는 고개를 흔들었다.

"내가 남자면 같이 도망가서 재미있게 놀면 되지만 나는 불행히도 여자야 집에 있는 게 좋을 거야. 어쨌든 그건 미친 계획이야. 할아버지가 너를 잡고 흔드신 것에 대해 사과를 받아오면 집에 있을 거야?" 조는 심각하게 물었다.

로리는 동의했다. 조는 아래층으로 내려가 로렌스 씨의 서재 문을 노크했다.

"들어와!" 로렌스 씨의 목소리가 화난 듯이 들렸다.

"저예요. 할아버지. 책을 돌려드리러 왔어요." 그녀는 들어가면서 아무것도 모르는 듯이 말했다.

"원하면 다른 책도 빌려가라." 노신사가 말했다. 할아버지는 우울해 보였지만 티를 내지 않으려 했다.

"감사합니다. 이 책이 너무 좋아서 두 번째 권을 읽

으려고요." 빌린 책이 로렌스 씨가 추천한 책이어서 그를 기분 좋게 해주려고 조는 이렇게 말했다.

로렌스 씨의 숱이 많은 눈썹이 약간 부드러워졌다. 그가 책이 있는 서가로 사다리를 옮겨 주자 조는 올라가서 사다리의 꼭대기에 앉아 책을 찾기 시작했다. 그녀는 어떻게 이야기를 꺼내나 궁리하느라 시간을 끌었다.

"로리는 뭐하니?" 로렌스 씨가 갑자기 물었다. "그 애를 감싸고 들지 마라. 무슨 잘못을 저지른 것을 안다. 근데 그 잘못이 무엇인지 말하려 들지를 않는구나."

"잘못한 일이 있었는데요. 저희가 용서했어요. 모두가 비밀을 지키겠다고 약속했어요." 조가 말했다.

"로리가 잘못을 했으면 고백하고 벌을 받아야지. 조, 나에게 말해봐. 알아야겠다!"

로렌스 씨는 매우 화가 나 보였다. 너무 엄하게 말해서 조는 도망가고 싶었다. 그러나 그녀는 사다리의 꼭대기에 앉아있었고 그는 그녀의 탈출을 막는 사자처럼 바닥에 서 있었다. 조는 마음을 굳게 먹었다. 그녀는 어머니가 사건에 연루된 사람을 보호하기 위해서 로리에게 비밀을 지키도록 약속하게 만들었다고 얘기했다. 그리고 로리는 이미 충분히 벌을 받았다고 말했다. 노신사는 화가 풀어지기 시작했다.

"가서 로리를 저녁식사에 데려와라. 모든 게 괜찮아졌다고 말해. 부루퉁해 있지 말라고 충고해줘라. 난 그것만은 참을 수 없으니까."

"로리는 안 내려 올 거예요. 할아버지가 로리를 믿지 않아서 심하게 상처받았거든요. 할아버지가 붙잡고 흔든 것이 감정을 많이 상하게 했나 봐요."

조는 불쌍하게 보이려고 애썼지만 할아버지는 웃어 버렸다. 하지만 어찌됐든 바라는 바 목적은 이루었다.

"그건 미안하다. 나에게 반항하지 않은 것에 감사해야겠지. 로리는 내가 어떻게 하기를 바라는데?"

"제가 할아버지라면 사과의 편지를 쓸 거예요. 할아버지가 사과 하실 때까지 안 내려 오겠다고 했거든요. 워싱턴 얘기를 하면서 도망가자더라구요. 제대로 된 사과면 자신이 얼마나 어리석었는지 알 수 있게 해줄 거고 금방 꼬리를 내릴 걸요. 해보세요. 로리는 재미있는 것을 좋아하는 아이니 말보다는 이편이 나을 거예요. 제가 편지는 가지고 올라갈게요."

로렌스 씨는 조에게 눈총을 주고 천천히 말하면서 안경을 썼다." 여우같은 것! 하지만 너랑 베스가 뒤에서 나를 조정해도 싫지가 않구나. 여기, 종이 좀 다오. 이 말도 안 되는 일을 빨리 끝내자꾸나."

편지는 쓰여졌고 조는 로렌스 씨의 벗겨진 머리의 정수리에 키스를 했다. 그리고 로리의 문 아래에 사과의 편지를 밀어 넣으려 로리의 방으로 갔다. 그녀가 조용히 가려고 할 때 로리는 계단의 난간을 타고 내려왔다. 그리고 아래층에서 조를 기다리고 있었다.

"고마워, 조. 야단맞았지?" 그는 웃었다.

"아니, 아주 좋으시던데, 정말이야."

모두가 그 문제가 끝난 것으로 생각했다. 그러나 메기는 기억했다. 그녀는 브룩 선생님을 많이 생각했다. 어느 날 조가 우표를 찾으러 언니 책상을 뒤지는데 그녀는 "존 브룩 부인"이라고 휘갈겨 쓴 작은 종이를 발견했다. 조는 신음소리를 내며 종이를 불에 던져버렸다.

18. 기쁨의 초원

폭풍 뒤에 햇살 같은 몇 주가 이어졌다. 베스는 매일 매일 점점 더 좋아졌고 아빠의 병세도 호전되고 있었다. 크리스마스는 유별나게 날씨가 좋았고 모두가 매우 행복했다. 아빠가 곧 집에 돌아온다는 편지를 받았고 베스는 그 날 아침 몸 상태가 아주 좋았다. 조와 로리는 밤 동안 꼬마요정처럼 열심히 일해서 베스를 위한 세 가지 선물을 들고 있는 초대형 눈사람을 만들었다. 눈사람은 한손에는 과일과 꽃바구니, 다른 손에는 악보 그리고 어깨에는 무지개 빛깔의 목도리를 둘렀다.

베스는 눈사람을 보고 계속 웃었다.

"나는 너무 행복해. 아빠만 여기 계시면 좋을 텐데." 베스가 말했다.

"나도 그래." 그녀가 오랫동안 바래왔던 책이 들어 있는 주머니를 치면서 조가 덧붙여 말했다.

"나도 너무 행복해!" 에이미가 엄마가 예쁜 액자에 넣어 준 마리아와 아기 예수가 그려진 판화를 보며 뒤따라 똑같이 말했다.

"물론 나도!" 로렌스 씨가 그녀에게 준 첫 번째 실크 드레스의 은빛 주름을 쓰다듬으며 메그가 외쳤다.

"어떻게 행복하지 않을 수 있겠니?" 마치 부인이 감사하며 말했다. 그녀는 남편의 편지를 보다가 베스의 웃는 얼굴을 바라보았다. 그녀의 손은 밤나무에 딸들의 금발머리로 장식한 브로치를 쓰다듬었다.

잠시 후 로리는 거실 문을 열고 즐거운 목소리로 말했다. "여기 또 다른 크리스마스 선물입니다!"

눈만 내놓고 옷을 잔뜩 입은 키 큰 남자가 다른 키 큰 남자의 팔에 기대어 걸어 들어왔다. 모든 사람은 마치 씨에게 즉시 달려갔다. 그리고 그는 4명의 사랑하는 딸들에 둘러싸여 보이지 않았다. 조가 쓰러질 것 같아서 로리는 그녀를 돌봐야했다. 브룩 씨는 메그에게 실수로 키스해서 그는 횡설수설하며 변명했다. 에이미는 의자에 걸려 넘어졌는데 일어나려 하지도 않고 아빠 발치에서 아빠를 붙잡고 울음을 터뜨렸다. 그때 침실 문이 확 열리더니 베스가 아빠의 품으로 달려 들어왔다. 모두의 마음은 행복함으로 넘쳐흘렀다.

마치 씨는 그가 얼마나 가족들을 놀라게 해주고 싶었는지 모른다며 브룩 씨가 얼마나 헌신적으로 그를 돌봤는지 칭찬을 아끼지 않았다. 마치 씨는 말을 잠깐 멈추고 메그를 흘끗 보았다. 메그는 거칠게 난롯불을 쑤시고 있었다.

여태껏 먹은 저녁 중 최고의 크리스마스 만찬이었다. 한나는 살찐 칠면조를 요리하고 자두푸딩과 맛있는 젤리를 만들었다. 로렌스 씨와 로리, 브룩 씨도 그들과 함께 저녁을 먹었다. 그들은 건배하며 술을 마시고 이야기를 하고 노래를 불렀다. 손님들이 떠나고 행복한 가족은 불 주변에 둘러앉았다.

"1년 전에 우리는 비참한 크리스마스를 불평하고 있었는데. 기억해?" 조가 말했다.

"정말 즐거운 일 년이었어!" 메그가 웃으며 말했다. 머릿속으로는 브룩 씨를 떠올리고 있었다.

"나는 힘든 한해 이었던 것 같아." 에이미가 생각에 잠긴 눈으로 말했다.

"일 년이 끝나서 기뻐. 왜냐하면 아빠가 돌아오셨으니까." 베스가 아빠의 무릎에 앉아 속삭였다.

"힘든 여정이었지만 너희들 모두 매우 용감했다." 네 딸들의 얼굴을 자랑스럽게 쳐다보며 마치 씨가 말했다. "나는 너희들에 대해 몇 가지 새로운 발견을 했어."

"그게 뭔 지 말해주세요!" 그의 옆에 앉아 있던 메그가 외쳤다.

"여기 하나 있지." 메그의 손을 잡으면서 그는 손등에 덴 자국과 손바닥에 생긴 두세 개의 작은 굳은살을 가리켰다. "이 손이 하얗고 부드럽던 때를 기억해. 그때도 예뻤지만 지금이 훨씬 아름답다. 이 예쁘고 열심히

247

일하는 손과 악수하는 것이 자랑스럽구나 "

아버지가 손을 부드럽게 쥐며 그녀를 향해 웃자 메그는 인내심을 가지고 일했던 지난 시간에 대한 보답을 받은 것처럼 느꼈다.

"조 언니는요? 좋은 말 해 주세요. 열심히 일하고 저에게 아주 잘해줬거든요." 베스가 아빠의 귀에 대고 말했다.

그는 웃었고 그녀답지 않게 여성스러운 표정을 짓고 있는 맞은편의 키 큰 소녀를 보았다.

"머리는 남자아이 같이 짧지만 내가 일 년 전에 떠난 '아들 같은 조' 의 모습은 볼 수가 없구나." 마치 씨가 말했다. "옷깃을 똑바로 하고, 신발 끈을 단정히 묶고, 휘파람불지도 않고 상스런 말도 하지 않고 예전처럼 카펫에 누워있지도 않는 아가씨가 보이네. 표정은 더 부드러워지고 엄마처럼 어린 동생을 돌봐주고. 왈가닥 소녀가 그립지만 그 자리를 강하지만 다정한 여인이 차지하고 있으니 아주 만족스럽다. 워싱턴에서 내 착한 딸이 나에게 보내준 25달러로 살 수 있는 귀한 물건이 없더구나."

조의 예리한 눈이 잠깐 흐릿해졌다. 그녀의 마른 얼굴이 불빛에 장밋빛으로 변했다. 아빠의 칭찬을 듣자 그녀는 자신이 어느 정도는 칭찬 받을 자격이 있다는 생각이 들었다.

"이제, 베스언니" 자신의 차례를 기다리며 하지만 기다릴 준비가 되어있는 에이미가 말했다.

"베스가 사라져 버릴까봐 말을 많이 하는 게 무섭구나, 예전처럼 부끄러움을 많이 타지는 않는구나." 거의 딸을 잃을 뻔 했던 것을 기억하고 그는 그녀를 꼭 안았다. 그녀의 뺨을 자신의 뺨에 비비면서 부드럽게 말했다. "너를 무사히 되돌려 받았다 베스야. 앞으로도 잘 보살펴줄게. 하나님 도와주세요."

잠깐의 침묵이 흐른 뒤, 그는 그의 발치에 앉아있는 에이미를 내려다보았다. 빛나는 머리카락을 어루만지며 그는 말했다.

"오후 내내 엄마 심부름으로 바쁜 에이미를 보았어. 오늘밤에는 메그 언니에게 자리도 양보하고 참을성 있고 기분 좋게 사람들 심부름도 잘하고, 짜증도 많이 안 내더구나. 자기 자신보다는 다른 사람을 생각하는 법을 배웠구나 생각했지. 참 기쁘다! 에이미가 만들어준 조각상도 자랑스럽지만 다른 사람과 자신의 삶을 아름답게 만드는 사랑스러운 딸이 더 자랑스럽다."

"이제 노래 부를 시간 이예요. 제 자리로 갈게요. 순례자들이 들었던 양치기 소년의 노래를 부를게요. 아빠가 그 시를 좋아하시니까 아빠를 위해 작곡했어요."

작은 피아노에 앉아 베스는 피아노를 치며 다시는 못 듣게 될 줄 알았던 부드러운 목소리로 노래 불렀다.

19. 문제해결사 마치 백모님

다음날 엄마와 딸들은 벌이 꿀 주위를 배회하는 것처럼 마치 씨의 주위를 맴돌았다. 그들의 행복은 하나만 빼고 완전해 보였다. 마치 부부는 그들의 눈이 메그를 따르자 긴장된 표정으로 서로를 보았다. 조는 기분이 약간 나빠졌다. 복도에 있던 브룩 씨가 두고 간 우산에 주먹을 휘둘렀다. 메그는 멍하니 있다가 벨이 울리면 깜짝 놀랐다. 사람들의 얘기 속에 존의 이름이 들리면 얼굴을 붉혔다.

결국 조가 심술궂게 말했다. "언니의 존이 언제 언니

보러 오려나?"

"그는 나의 존이 아니야." 메그가 대답했다 그러나 그 말을 들으니 좋아하는 듯 보였다. "제발 화나게 하지 말아줘. 그분에 대해 신경 쓰지 않는 다고 말했잖아. 달리 할 말이 없어. 우리는 예전처럼 친구로 지낼 거야."

"하지만 언니는 변했어. 예전의 언니가 아니라니까. 나에게서 멀어진 것 같아. 언니를 화나게 하려는 건 아닌데 일단락 지어졌으면 좋겠어." 조가 말했다.

"그 분이 말할 때 까지 어떤 것도 말 할 수 없어. 아빠가 내가 너무 어리다고 말씀하셨으니까 그 분은 말하지 않을 거야." 메그가 이상야릇한 웃음을 띠며 바느질을 하려 몸을 숙였다.

"만약 그분이 언니한테 말하면, 어찌해야 할지 모를 걸. 울거나 얼굴을 붉히거나 싫다고 하는 대신 그분 뜻대로 하게 두겠지."

"네가 생각하는 것만큼 나는 약하지도 바보 같지도 않아. 계획을 다 세웠으니까 뭐라고 해야 할지 정확히 알아. 나는 준비가 되었다구."

조는 메그의 거드름 피우는 태도와 볼에 띤 홍조를 보고 웃지 않을 수 없었다.

"무슨 말을 할건대?" 조가 물었다.

"조용하지만 단호하게 이렇게 말할 거야. '감사해요. 브룩 씨. 친절하시군요. 하지만 저는 아버지 말씀에 동의해요. 저는 지금 약혼하기에는 너무 어려요. 예전처럼 친구로 지내요.' 말하고 나서는 품위 있게 방을 나갈 거야."

"음. 아주 멋진데. 언니가 그 말을 할 수 있을지 믿을 수는 없지만."

메그는 우아한 퇴장을 연습하기 위해 일어섰다. 그러나 복도에 발자국 소리가 나자 자리로 돌아가 다시 바느질을 시작했다. 조는 언니의 갑작스러운 행동에 웃음을 터뜨렸다. 브룩 씨가 문을 두드리고 안을 보자 조의 얼굴은 굳어졌다.

"안녕하세요? 우산을 가지러 왔어요. 내말은, 아버지가 오늘 어떠신지 뵈러왔어요." 브룩 씨가 당황하며

말했다.

"우산은 잘 있어요. 아버지는 우산 꽂이에 있구요. 제가 모셔다 드릴게요. 우산께 오셨다고 전해드리죠." 조가 아빠와 우산을 대답에 절묘하게 섞어가며 말했다. 그리고 조는 메그가 브룩 씨에게 준비했던 말을 끝내고 우아하게 방을 나갈 기회를 주기위해 방을 나갔다. 그러나 그녀가 사라지자마자 메그는 횡설수설 중얼거리며 문 쪽으로 움직였다.

"엄마가 보고 싶어 하세요. 앉으세요. 엄마 불러 드릴게요."

"가지마세요. 제가 무서워요, 메그 양?" 브룩 씨가 말했다.

이름을 부른 적이 없는 그가 메그의 이름을 부르자 그녀는 얼굴이 아주 빨개졌다. 그 말이 얼마나 자연스럽고 달콤한지 몰랐다. 그녀는 손을 뻗으며 우아하게 말했다.

"제가 왜 무서워하겠어요? 당신은 아버지께 그렇게 잘했는데. 감사할 따름 이예요."

"어떻게 얘기해야 할까요?" 그녀의 작은 손을 그의 양손에 쥐고 브룩 씨가 물었다. 그는 그의 갈색 눈에 사랑을 가득 담아 메그를 내려다보았다. 그녀의 심장이 빨리 뛰기 시작했다.

"제발 그러지 마세요. 안 그랬으면 좋겠어요." 그녀는 말했다 손을 빼려고 하면서 겁먹은 듯이 보였다.

"저는 당신이 나를 약간이라도 좋아하는지 알고 싶을 뿐 이예요. 메그 . 나는 당신을 너무나 사랑해요." 브룩 씨가 부드럽게 말했다.

지금이야말로 침착하고 냉정하게 말 할 순간이었지만 메그는 말을 할 수가 없었다. 그녀는 할 말을 잊었고 고개를 숙이고 대답했다. "잘 모르겠어요." 소리가 너무나 작아서 존은 바보 같은 대답을 들으려고 몸을 숙여야 했다.

그는 웃으며 그녀의 손을 꽉 잡았다. 그리고 말했다 "그러면 나를 좋아하는지 생각해 봐 줄래요? 너무 알고 싶어요. 왜냐하면 나는 나중에 상을 받게 될지 아닌지 궁금해서 일을 제대로 못하니까요 ."

"저는 너무 어려요." 당황해하면서 한 편으로는 이 상황을 즐기면서 메그가 말했다.

"기다릴게요. 그동안 누군가를 사랑하는 감정이 어떤 건지 알게 될 거예요. 힘든 일이 될까요?"

"제가 마음만 먹으면 힘든 일은 아니죠, 하지만……."

"제발 그 마음 변치 말아줘요. 나는 가르치는 것을 좋아하니까요. 사랑이 독일어 보다 훨씬 쉬워요. "존이 메그의 말을 자르며 말했다. 그녀의 다른 손도 잡혀있어서 메그는 나갈 방법이 없었다.

메그는 그를 부끄러워하며 쳐다보았다. 그의 눈은 부드러우면서도 유쾌했다. 그는 자신의 성공을 확신하는 만족스러운 미소를 띄었다. 이것이 그녀를 화나게 했다. 갑작스러운 충동에 손을 빼내며 그녀는 반항적으로 말했다. "당신을 좋아하지 않아요. 제발 가세요. 혼자 있고 싶어요."

불쌍한 브룩 씨는 소중히 간직해 온 꿈이 무너져 내리는 듯이 보였다. 그는 메그가 이런 기분인 것을 본적이 없어서 당황했다.

"진심이십니까?" 그녀가 걸어 나가자 그녀를 쫓아 나가며 그는 초조하게 물었다 .

"예, 진심 이예요. 이런 일들을 걱정하고 싶지 않아 요. 아빠 말씀대로 너무 빠르고 저는 아직 원하지 않아 요."

"언젠가 마음이 바뀔 거라고 기대해도 되겠습니까? 기다릴게요. 당신이 충분히 시간을 가질 때가지 아무 말 도 않을게요. 나를 가지고 놀지 말아요, 메그. 당신이 그 럴 줄은 몰랐어요."

"제 생각은 하지 마세요. 제 생각을 하지 않았으면 좋겠어요." 자신의 힘을 은근히 즐기며 메그가 말했다.

그는 침울하고 창백했다. 너무 기분이 상한 듯 보여 서 메그는 미안한 감정이 들기 시작했다. 그때 마치 백 모님이 절뚝거리며 들어왔다. 노부인은 조카인 아빠를 놀래게 해주려고 왔지만 그녀는 메그와 브룩 씨를 대신 놀라게 했다. 두 사람은 너무 놀라서 메그는 유령을 본 것 같았고 브룩 씨는 서재로 사라져버렸다.

"세상에 이게 다 뭐냐?" 얼굴이 홍당무가 된 메그를 보면서 노부인이 소리쳤다.

"저희는 그냥 얘기 중이었어요. 브룩 씨가 우산을 찾으러 왔거든요." 메그가 시작했다.

"브룩? 저 가정교사 말이냐? 이제 이해가 되네. 조가 예전에 실수로 너와 그에 관한 이야기를 해서 다 알고 있다. 그의 구애를 받아들이지 않았지?" 마치 백모님이 소리쳤다.

"조용히 하세요. 그분이 듣겠어요. 엄마를 불러올까요?" 메그가 말했다.

"아직 부르지 마라. 너에게 할 말이 있어. 그와 결혼하면 내 돈 일 페니도 너에게 가지 않을 거다. 그 사실 기억하고 현명하게 처신해라." 노부인이 말했다.

마치 백모님은 사람들이 자신을 싫어하게 하는 재주가 있었다. 만약 백모님이 메그에게 존 브룩과 결혼하라고 간청했다면 메그는 아마 거절했을 것이다. 하지만 백모님이 메그에게 그와 결혼하지 말라고 하자 메그는 그가 갑자기 좋아졌다. 메그는 이미 흥분되어 있어서 평소에 보기 힘든 패기로 백모님에게 따졌다.

"저는 제가 좋아하는 사람과 결혼하고 싶어요. 마치 백모님. 백모님은 백모님이 좋아하는 사람에게 돈을 물려주세요." 그녀는 말했다.

"그래, 그래! 초가삼간에서 사랑을 시작했다가 실패하면 그제야 너는 후회하게 될 거야."

"어떤 사람들은 큰 저택에 살면서도 불행하죠." 메그가 대답했다.

마치 백모님은 메그의 이런 모습을 본 적이 없었기 때문에 안경을 끼고 메그를 뚫어져라 쳐다봤다. 메그는 용감하고 독립적인 여자가 된 것처럼 느꼈다. 존을 옹호하고 그를 사랑할 권리를 주장하는 것이 자신이 대견했다. 마치 백모님은 자신이 이야기하는 방식이 잘못되었음을 깨닫고 잠시 후 할 수 있는 한 부드럽게 이야기를 시작했다.

"자, 마가렛, 이성적으로 생각해보고 내 충고를 받아들여라. 네가 처음부터 실수로 네 인생을 망치기를 바라지 않는다. 결혼을 잘해서 가족을 도와야지. 그것이 너의 의무다."

"부모님은 그렇게 생각하지 않으세요. 부모님은 존이 가난하지만 그를 좋아해요."

"그래서 너는 돈도 지위도 사업도 없는 남자와 결혼하겠다 이 말이냐? 네가 지금 하고 있는 고생보다 더 고생을 할 텐데도? 나는 네가 지각이 있는 아이라고 생각했다."

"반평생을 기다려도 이보다 더 나은 선택은 없을 거예요. 존은 착하고 현명해요. 재능이 많고 열심히 일하니 그는 성공할거에요. 그는 에너지가 넘치고 용감해요. 모든 사람이 그를 좋아하고 존경해요. 저는 가난하고 어리고 바보 같지만 그가 나를 좋아한다는 것이 자랑스러워요." 메그가 말했다. 그녀가 열변을 토하는 모습이 전보다 더 예뻐 보였다.

"그는 너에게 부자 친척이 있는 것을 알게다. 그래서 너를 좋아하는 거야."

"마치 백모님, 어떻게 그렇게 끔찍한 말씀을 하세요? 안들은 걸로 할게요." 메그가 외쳤다. "존은 돈을 보고 결혼하지 않아요. 우리는 기꺼이 일할 거예요. 가난한 것은 두렵지 않아요. 가난해도 지금껏 행복하게 살았으니까요. 저는 그와 함께 할 거라는 것을 알아요. 그는 저를 사랑하고 그리고 저는…….”

메그는 갑자기 자기가 존을 가버리라고 말한 것과 존이 대화를 엿들을 지도 모른 다는 사실을 기억해내고는 말을 멈췄다.

“네가 결혼할 때 나에게서 어떤 것도 기대하지 마라.” 마치 백모님이 화가 나서 소리쳤다. 그리고 메그의 면전에 대고 문을 쾅 닫았다. 메그는 잠깐 동안 웃어야 할 지 울어야 할지 몰라 가만히 서 있었다. 브룩 씨가 들어와 그녀를 팔에 안고 말했다. “엿듣지 않을 수 없었어. 메그. 나는 변호해줘서 고마워. 당신이 나를 약간이라도 좋아한다는 것을 알게 해줘서 고마워.”

“내가 얼마나 당신을 좋아하는지 몰랐어요.” 메그가 말했다.

“그러면 안가도 되는 거야? 여기서 있어도 돼?”

그녀는 속삭였다. “그럼요, 존.” 그리고 그의 품에 얼굴을 파묻었다.

15분 후에 조는 살금살금 아래층으로 내려왔다. 그녀는 거실 문 뒤에서 아무소리도 들리지 않자 혼자 웃음지었다. 그녀는 메그가 브룩 씨를 계획한대로 쫓아 버렸다고 생각했다. 문을 열자 불쌍한 조는 놀라서 입을 크게 벌리고 보이는 광경을 응시했다. 존은 메그를 그의 무릎에 앉히고 소파에 앉아있었다. 조는 놀라서 숨이 막혔다. 이상한 소리에 연인들은 돌아보았다. 메그는 자랑스러워하면서 동시에 부끄러워하면서 브룩의 무릎에서 뛰어올랐다. 존은 웃으며 조에게 키스하며 말했다. "조 처제. 우리를 축하해줘!"

조는 한마디 말도 없이 사라졌다. 위층으로 달려가서 그녀는 소리쳤다. "누가 빨리 내려가 봐! 존 브룩 씨가 망측한 짓을 하는데 메그 언니는 그걸 좋아라 하고 있네!"

마치부부는 메그와 존이 있는 거실로 내려갔다. 조는 이 소식을 베스와 에이미에게 이야기했다. 그러나 동생들은 그 소식에 신나했다.

그날 오후 브룩 씨는 많은 이야기를 했다. 조용한 브

룩 씨가 그의 열정과 패기로 그의 계획을 이야기하자 식구들은 놀랐다. 존과 메그는 둘 다 행복해 보여서 조는 샘내거나 화낼 마음이 없었다. 에이미는 존의 헌신과 메그의 우아함에 깊은 인상을 받았고 베스는 멀리서 그들을 향해 미소 지었다. 마치부부는 만족스러운 눈길로 젊은 커플을 보았다. 오래된 방은 가족의 첫 번째 로맨스가 거기서 시작되자 놀라울 정도로 환해진 것 같았다.

로리가 꽃 한 뭉치를 가지고 왔다. "브룩선생님이 성공할 줄 알았어요. 선생님은 뭘 하기로 마음을 먹으면 항상 해내거든요." 꽃을 주고 축하인사를 건네면서 그는 말했다.

"칭찬 고마워. 나는 좋은 징조로 받아들일게. 그리고 말나온 김에 결혼식에 너를 초대할게." 모든 사람에게 심지어 그의 말 안 듣는 학생에게까지 관대해진 브룩 씨가 대답했다.

모든 사람들이 로렌스 씨를 만나러 거실로 갔다. 로리는 조를 따라 구석으로 가서 말했다. "기분이 안 좋아 보이네. 뭐가 문제야?"

"나는 이 결혼이 싫어 하지만 참기로 결정했어. 반대하는 말은 한마디도 안 할 거야." 조가 진지하게 말했다. "메그 언니를 포기하는 것이 얼마나 힘든 지 모를 거야." 그녀는 떨리는 목소리로 말을 이어나갔다.

"너는 언니를 포기하는 게 아니야. 그저 반반씩 나눠 갖는 거지." 로리가 말했다.

"결코 예전 같지 않을 거야. 나는 가장 친한 친구를 잃었어." 조가 한숨 쉬었다.

"내가 있잖아, 그리 멋있지는 않지만 항상 네 옆에 있을게. 맹세할게!" 로리가 한 말은 진심이었다.

"네가 그럴 거라는 것 알아. 고마워 로리. 내게 항상 위안이 되는구나." 고마워서 손을 잡고 흔들며 조는 대답했다.

"슬퍼하지 마. 모든 게 잘 되고 있어. 메그 누나는 행복하고 브룩선생님은 할아버지가 선생님을 도와주실 테니 곧 자리 잡을 거야. 메그 누나가 자기만의 집을 갖는 것을 보는 게 재미있을 것 같아. 누나가 시집가면 함께 재미있게 지내가. 내가 대학을 졸업한 후에 외국으로 같

이 가자. 위로가 되니?"

"위로가 되는 것 같아. 하지만 미래에 무슨 일이 일어날 지 아무도 모르잖아." 조가 생각에 잠겨 말했다.

"맞아. 앞을 미리 내다보고 우리에게 무슨 일이 일어날지 알고 싶지 않니? 나는 정말 알고 싶어." 로리가 대답했다.

"나는 싫어. 슬픈 것을 보게 될까봐. 모든 사람들이 행복해보여. 이 보다 더 많이 행복할 거라고는 생각하지 않아." 조는 천천히 방을 훑어보았다.

아빠와 엄마는 자신들이 20년 전에 겪은 로맨스의 시작을 떠올리며 나란히 앉아 계셨다. 에이미는 연인들을 그리고 있었다. 그들의 행복한 얼굴이 꼬마 화가가 베낄 수 없는 행복으로 빛나고 있었다. 베스는 마치 소중한 보물인양 작은 손을 잡고 있는 로렌스 씨와 즐겁게 이야기하면서 소파에 누워있었다. 조는 좋아하는 낮은 의자에 앉았고 로리는 의자 등받이에 턱을 기대고 서 있었다. 그 둘을 비치고 있는 긴 거울을 향해 로리는 웃으며 고개를 끄덕였다.

작은 아씨들

초판 인쇄 2020년 3월 3일
초판 발행 2020년 3월 6일

지은이　　루이자 메이 올콧
펴낸이　　진수진
펴낸곳　　책에 반하다

주소　　　경기도 고양시 일산서구 대산로 53
출판등록 2013년 5월 30일 제2013-000078호
전화　　　031-911-3416
팩스　　　031-911-3417
전자우편 meko7@paran.com

*낙장 및 파본은 교환해 드립니다.
*본 도서는 무단 복제 및 전재를 법으로 금합니다.
*가격은 표지 뒷면에 표기되어 있습니다.